303224   D0247840

I Aneurin Jones
– dyn sy'n deall beth yw gwreiddiau.

CARYL LEWIS

Y GWREIDDYN

yLolfa

Argraffiad cyntaf: 2016
© Hawlfraint Caryl Lewis a'r Lolfa Cyf., 2016

Cynllun y clawr: Sion Ilar

Rhif Llyfr Rhyngwladol: 978 1 78461 316 7

Dymuna'r cyhoeddwyr gydnabod cymorth ariannol
Cyngor Llyfrau Cymru

Cyhoeddwyd ac argraffwyd yng Nghymru
ar bapur o goedwigoedd cynaladwy gan
Y Lolfa Cyf., Talybont, Ceredigion SY24 5HE
e-bost ylolfa@ylolfa.com
gwefan www.ylolfa.com
ffôn 01970 832 304
ffacs 01970 832 782

Y deryn du a'i blufyn sidan,
A'i big aur, a'i dafod arian…
A dacw'r tŷ, a dacw'r sgubor,
A dacw glwyd yr ardd yn agor,
A dacw'r goeden fawr yn tyfu,
O dan ei bôn rwy am fy nghladdu.

CYNNWYS

Y GWREIDDYN

CODI'R DILLAD GWLYB allan o'r Twin Tub roedd hi pan sylwodd hi ar y deilsen. Roedd hi wedi rowlio'i llewys i fyny a chodi'r dillad tamp i'r fasged yn barod i'w rhoi ar y lein. Wedi cadw'r dŵr o'r olch gyntaf ar gyfer yr ail, roedd hwnnw nawr yn gymylog o faw a fflwcs a hadau porfa. Gwrandawodd ar bwmp y peiriant fel curiad calon yn gwthio'r brynti allan gyda'r dŵr i'r sinc.

Roedd y peiriant wedi bod yn fendith, a Dai wedi bod yn fodlon iddi ei gael. Ddaeth dim trydan i'r tŷ tan ddechrau'r chwedegau ac roedd socio cewynne Wiliam mewn bwcedi wedi bod yn nychdod. Bu'n rhaid i Eirwen gerdded i'r bocs ffôn ar dop y lôn i ffonio'r siop i'w archebu. Roedd hi wedi bod yn tolio tamed o arian o fan hyn a fan draw ac fe brynwyd y peiriant ag arian gloyw. Clywodd hi fod Rosemary Tŷ Po'th a rhai eraill yn gorfod talu fesul wythnos, ond poethi wnaeth bochau Eirwen wrth feddwl am y fath beth.

Troi wnaeth hi, a digwydd edrych ar hyd y llawr o deils du a choch drwy'r gegin gul, heibio'r bwrdd bwyd ac am y cloc wyth diwrnod a safai'n sobor ym mhen pella'r stafell fach ar bwys y drws bac. Oedd, roedd cysgod yno. Safodd, a'r dillad gwlyb yn ei breichiau'n tampio'i brat. Roedd hi'n sgrwbio'r llawr bob nos Sadwrn pan fyddai Dai'n cerdded draw i'r Red Lion. Ac ynte ddim o dan drad, byddai hi'n medru codi'r cadeirie wedyn i ben y ford a thynnu padell o ddŵr poeth a sebon a'i sgwrio'n lân i gyd. Ond heddiw, er bod y teils yn loyw, a llwybr o olau yn cyrraedd hyd at ei thraed, roedd yna gysgod wrth ymyl un deilsen.

Rhoddodd y dillad i lawr yn y fasged a cherdded tuag at y cysgod. Safodd, ac edrych i lawr ar y deilsen. Dim byd. Gwasgodd wadn ei throed i lawr arni. Symudodd ei throed o un ochor i'r deilsen i'r llall. Oedd, roedd hi'n anwastad. Plygodd i'w chrwb a sylwi ar ba mor goch oedd croen ei breichiau ar ôl y golch. Yn wir, roedd hi wedi sylwi yn ddiweddar bod croen ei dwylo yn heneiddio am eu bod byth a beunydd mewn dŵr yn y parlwr godro ac yn y tŷ. Roedd Rosemary drws nesa'n rhwbio'i rhai hithau â rhyw *cold cream* bob nos ond chwerthin wnaeth Eirwen arni am fod yn gymaint o ffrwlen. Teimlodd y deilsen â'i bysedd. Oedd, roedd un ochr yn codi. Eisteddodd yn ôl ar ei phengliniau gan eu teimlo'n tynnu.

Wrth iddi hongian y dillad ar y lein a grogai o'r hen goeden afalau i'r goeden bêrs y tu ôl i'r tŷ, allai hi ddim meddwl am ddim byd ond y deilsen. Plygodd y dillad dros y lein, a phan oedd y fasged yn wag, fe drodd yn ôl i edrych ar y tŷ. Buodd hi'n dod yma yn blentyn i weld Dai. Buon nhw'n cerdded bob cam i'r ysgol gyda'i gilydd ac wedi hynny, yn bedair ar ddeg, yn gweithio ar yr un fferm yn Llain – hithau yn y tŷ ac yntau yn y caeau. A hithau'n un o un ar ddeg o blant, roedd yna ddisgwyl iddi ei briodi fel bod un geg yn llai i'w bwydo adre. A'i mam yn brysur gyda'r plant llai, doedd dim llawer o ddiddordeb ganddi yn Wiliam pan anwyd hwnnw a theimlai Eirwen y byddai ei hymweliadau yn fwy o ffwdan na phleser i'w mam.

Buodd hi'n lwcus o Dai a'r tŷ, ac er ei fod yn treulio llawer o amser yn y pentre, a hithau fel arfer wedi bennu godro ac yn bwydo'r lloi pan ddeuai e adre, roedd e'n gwmni mawr iddi. Edrychodd Eirwen ar y ffenestri bach a gadwai'r golau a'r gwres allan, ac fe sylwodd ar yr onnen ifanc oedd wedi cyrraedd at glawdd yr hen dŷ. Roedd hi wedi sylwi arni flynyddoedd ynghynt, yn eginyn styfnig, dierth yn yr hen ardd. Cododd y fasged a cherdded tuag ati. Roedd ei boncyff yn braff ac yn dalsyth ac roedd ei dail yn byseddu'r to yng nghefn y tŷ. Roedd mwswg yn tyfu ar yr hen lechi fan hyn a fan draw ac Eirwen wedi dweud wrth Dai bŵer o weithie bod eisiau eu glanhau.

Dilynodd llygaid Eirwen y goeden tuag at ei bôn, ac er mawr syndod iddi, fe welodd ei gwreiddiau llwydion yn ymwthio o dan seiliau'r tŷ. Cwympodd y fasged a daeth gwres i'w brest. Yna, heb godi'r fasged, fe redodd yn ôl i mewn i'r tŷ. Edrychodd ar y deilsen eto. Roedd gwreiddyn wedi gwthio ei hun drwy'r hen lawr pridd ac yn mynnu, yn benderfynol, codi'r deilsen a sarnu'r llawr. Clywodd Eirwen yr hen gloc yn taro tri. Byddai Wiliam adre o'r ysgol cyn bo hir ac fe fyddai'n bryd mynd i nôl y da ar gyfer eu godro, ond ni allai godi ei llygaid oddi ar y cysgod tywyll ar y llawr.

Pan ddaeth Dai i'r tŷ y noson honno, fe soniodd wrtho am y goeden wrth iddo lanhau ei bibell â'i gyllell boced. Byddai'n rhaid cwympo'r goeden, awgrymodd

Eirwen, ond fflachio ei dymer arni wnaeth Dai. Roedd e wedi bod yn y pentre drwy'r dydd yn gweld Jams ambwti hyn a'r llall. Llonydd roedd e ei eisie, dim rhyw gnùl am ryw blydi goeden. Aeth i eistedd wedyn yn y gegin ore o flân y tân i smocio'i bibell.

Rhoddodd Eirwen Wiliam yn ei wely'n dawel cyn mynd yn ôl i eistedd wrth y bwrdd bach a syllu ar y deilsen eto.

Dros y blynyddoedd, tyfodd yr onnen, gan dywyllu'r tŷ hyd yn oed yn fwy. Roedd ei dail yn llenwi'r landarau gan wneud i ddŵr brwnt ddiferu ar hyd gwyngalch y wal gefen. Byddai'n rhaid i Eirwen nôl ysgol o'r sied a cheisio'u clirio nhw, cyn clymu macyn am ei phen a gwyngalchu'r hen wal eto. Byddai'r blewiach o gwmpas ei thalcen yn wyn wedi iddi orffen, a'i hysgwyddau'n dost, ond fe safai'n benderfynol rhwng y goeden a'r tŷ. Roedd y deilsen bron wedi ei disodli yn gyfan gwbwl erbyn hyn.

Weithiau, yn y gaeaf, a chroen ei bochau'n llosgi ar ôl bod allan yng ngafael y gwynt, byddai Eirwen yn gorwedd yn ei gwely yn gwrando ar anadlau cysurus Dai. Ond byddai ei breuddwydion yn llawn dail yr onnen, fel dwylo, fel crafangau tywyll yn dinistrio'r tŷ. Byddai'r gwreiddiau'n berwi o dan y ddaear, yn gryf ac yn gyhyrog, yn barod i ffrwydro drwy'r llawr a chwalu'r patrwm trefnus o ddu a choch bwrdd gwyddbwyll eu bywydau.

Yn debyg i'w dad, doedd ffermio ddim yng ngwaed Wiliam. Doedd ganddo ddim diléit ac erbyn iddo symud i'r dre i fyw, roedd yr onnen wedi tywyllu cefn y tŷ i gyd. Fe gafodd Wiliam fab ei hun ac er bod digon o amser gan Eirwen i edrych ar ei ôl, roedd ei wraig yn gweithio hefyd, esboniodd Wiliam yn ofalus, ac roedd hi'n fwy cyfleus bod ei mam hithau yn gofalu am yr un bach.

Erbyn hyn, roedd y Twin Tub yn eistedd yn y parlwr godro a gwellt drosto. Am ei bod wedi bod mor ofalus wrtho, roedd yr hen beiriant wedi para ugain mlynedd, ond a'r parlwr godro'n wag roedd pethau wedi symud ymlaen. Eisteddodd Eirwen wrth y bwrdd bach yn magu cwpaned o de. Roedd yr oelcloth wedi ei wisgo yn gymylau gwynion o dan ei breichiau hi a rhai Dai ar ôl blynyddoedd o eistedd godderbyn â'i gilydd. Clywodd y peiriant golchi newydd yn hymian yn dawel y tu ôl iddi yn yr hen gegin gul. Roedd hi wedi golchi coler ei grys gwyn yn lân ac wedi gwasgu tafod y dei ddu yn llyfn ac yn sgleiniog dan yr haearn smwddio. Byddai Dai adre cyn hir. Am un o'r gloch roedd yr angladd. Cododd a mynd at y stof i edrych ar y cig. Roedd hwnnw'n rhostio'n swnllyd yn y tun enamel. Caeodd y drws ac aeth ati i osod y ford yn barod. Aeth at y cwpwrdd cyn troi a cherdded i'r gegin ore. Aeth at y dreser ac agor y drws gwydr. Roedd hwnnw wedi ei rwbio'n lân. Yno, disgleiriai'r llestri gore – y rhai gafodd y ddau ar ddiwrnod eu priodas. Casglodd nhw'n ofalus a'u gwasgu'n ddiogel i'w brest ac yna'u cario at y ford. Aeth at y drôr a chodi lliain gwyn a oedd wedi ei startshio'n sgwaryn a'i agor yn un chwip o wynder ar hyd y bwrdd. Roedd y llysiau'n berwi.

Byddai'r gwasanaeth yn para hyd ddau ac wedyn fe fyddai'n rhaid iddo fynd i lan y bedd. Byddai'r te wedyn wrth gwrs. Rosemary fyddai fel arfer wrth y te yn y capel, hi a Marion Llety Hen. Aeth Eirwen ati i osod cyllyll a ffyrcs cyn codi'r cig i blat a'i wasgu mewn ffoil i wneud y grefi. Efallai y byddai Dai wedi cael gormod o de i fwyta'r fath bryd, ond fe fyddai'n hoff iawn o'i ginio rhost.

Am hanner awr wedi chwech ddaeth e adre. Fe eisteddodd wrth y bwrdd a'r cloc y tu ôl iddo. Roedd arogl y cinio yn llenwi'r lle. Tynnodd y dei a gofynnodd Eirwen iddo fynd i newid rhag ofn iddo sarnu'i siwt ore. Cododd ei ben ac edrych arni. Safodd ar ei draed a symud, cyn cicio'r deilsen yn rhydd ag un o'i esgidiau gloywon. Gwyliodd y ddau y deilsen yn sgimio ar hyd wynebau'r teils eraill cyn bwrw talcen y sgyrtin yn sgwâr yr ochor draw. Edrychodd Eirwen arno mewn ofn. Roedd y gwreiddyn yn noeth ac yn ffyrnig yn nhywyllwch y pridd. Cododd Dai ei ben ac edrych arni.

"Ma hi wedi mynd," meddai.

Fe wyddai Eirwen fod y fenyw y bu ei gŵr yn caru gyda hi ers dros ddeg mlynedd ar hugain yn gorwedd yn y fynwent. Nodiodd Eirwen arno. Roedd ei groen yn fwy gwelw rywffordd yn erbyn düwch ei siwt. Rhwbiodd Eirwen ei breichiau blinedig â'i dwylo ac edrych arno.

"Ma hi'n bryd torri'r goeden 'na," meddai o'r diwedd. Nodiodd yntau, ei wyneb wedi ei feddalu rhywfaint gan henaint. "Fydd y gwreiddyn ddim yn hir yn marw'n ôl."

Gwrandawodd y ddau ar yr hen gloc yn cerdded am amser hir cyn i Eirwen droi i ddod â'r swper i'r ford.

EWYLLYS

"WEL, MAE'N NEIS dy weld di 'no," meddai Aelonwy wrth wasgu'i boch oeraidd i un Gareth a chamu'n ôl. Mesurodd y ddau ei gilydd dros y gwacter cyn i Gareth gofio'i faners a thynnu cadair yn ôl iddi.

"Bydd y coffi'n dod nawr. Ti'n dal i yfed coffi?" gofynnodd wrth wylio ei chwaer yn eistedd yn gefnsyth heb dynnu'i siaced frethyn. Dim ond nodio wnaeth Aelonwy wrth wylio Gareth yn eistedd. Edrychodd y ddau ar ei gilydd am ennyd.

"Wi'n credu," meddai Aelonwy, gan bigo'i geiriau fel pwythau yn y tawelwch, "ein bod ni'n neud y peth iawn yn cwrdd yn rhywle mor… niwtral. Ma pobol yn galler mynd dros ben llestri o ddwl wrth drafod y pethe 'ma." Sylwodd Gareth fod ei handbag yn dal yn ei chôl.

Cafodd Gareth ei eni bum mlynedd o flaen Aelonwy a chan ei fod wedi gobeithio cael brawd bach, fe fuodd hi'n dipyn o siom iddo. A dweud y gwir, wedi iddi fod adre o'r ysbyty am ryw wythnos, fe ddwedodd wrth ei fam ei bod hi'n hen bryd iddyn nhw fynd â hi'n ôl yno. Ond dim ond dechrau pethau oedd hynny. Wedyn daeth y ffrogiau a'r ffrils, a'r hen fenywod yn canmol ei chwrls ar y bws nes ei fod wedi dechrau aros adre gyda'i dad yn y sied yn lle mynd i'r dre gyda'i fam a'i chwaer. Ac fe aeth canmoliaeth pawb tuag at 'Aelonwy fach o'r nef' yn drech nag e un diwrnod pan welodd hi'n chwarae ar lawr y gegin. Fe gydiodd yn siswrn gwinio ei fam a thorri'r cyrls sgleiniog i ffwrdd un wrth un, gan adael ffluwch o c-iau lliw efydd ar y llawr. Cafodd gosfa gan ei dad a'r bai am sarnu gwallt Aelonwy am byth, gan na thyfodd ei chyrls yn ôl yn iawn byth ers hynny.

Wedyn, fe ddaeth yr aros. Yr aros yng nghefn y neuadd ar fore Sadwrn tra bod Aelonwy yn cael gwersi *ballroom dancing* gyda Miss Trill. Byddai'r bechgyn eraill ar y cae pêl-droed, ond am fod Aelonwy fach cystel ar y dawnsio, yng nghefn y neuadd fyddai Gareth yn eistedd ar bwys ei fam yn cael cystudd am swingio'i goesau yn ei drowser byrion a chicio'i sodlau ar y cadeiriau pren. Ac yn waeth na hynny, fe fyddai'n rhaid iddo yntau ddawnsio weithiau oherwydd prinder bechgyn ac fe fyddai'r bechgyn eraill yn tynnu ei goes yn ddidrugaredd.

Ond wrth i'r ddau dyfu, roedd pethau wedi newid, ac fe deimlai Gareth ei fod yntau yn siom feunyddiol i Aelonwy. Fyddai hi byth yn dod â'i ffrindiau coleg i'r tŷ am fod cywilydd arni am ei brawd mawr nad oedd ddim ond yn fecanic yn y dre. A phan ddechreuodd y dawnsfeydd gael eu cynnal yn y neuadd bentre bob nos Sadwrn, fe fyddai Aelonwy a'i ffrindiau yno yn eu ffrogiau lliw sherbert a'u gwalltiau wedi gweld ôl y *back-comb*. Gallasai Aelonwy fod wedi ei wahodd atyn nhw i leddfu ychydig ar fochau cochion Gareth wrth iddo weld yr holl ferched hardd. Ond troi ei chefn fyddai Aelonwy a sibrwd rhywbeth wrth y lleill a fyddai'n gwneud iddyn nhw ffrwydro'n gwmwl o chwerthin merchetaidd. Poethi hyd yn oed yn fwy wnâi Gareth, a chamu'n ôl i sefyll yn lletchwith wrth y bar.

Daeth merch ifanc â hambwrdd o goffi a'i osod yn drwm ar y bwrdd o flaen y ddau. Cododd Gareth ei lygaid mewn diolch iddi.

"Dyw'r pethe 'ma byth yn hawdd eu trafod ond ma Richard a finne'n meddwl bod rhaid i rywun neud rhywbeth," meddai Aelonwy gan gydio mewn dau lwmpyn o siwgwr rhwng ei bysedd a'u gollwng i'r coffi cyn ei droi â'r llwy. Roedd Gareth yn edrych ar ei dwylo. Er bod yna drwch o golur ar ei hwyneb, roedd ei hoedran yn clapian yn nhrwch ei bysedd ac yn y smotiau brown ar gefn ei dwylo.

"Wel," atebodd Gareth, "siarades i ag e rhyw fis yn ôl. Odd e wedi mynd bach yn ddidoreth."

"O'n inne wedi sylwi 'fyd." Rhoddodd Aelonwy y llwy i lawr. "Ffonies i Glenda drws nesa iddo fe ac fe wedodd hithe'i bod hi'n cadw llygad arno, whare teg iddi. Ond 'na fe, ar ôl colli'i gŵr, mae'n neis iddi gal rhywbeth i neud, on'd yw hi?"

"Wi'n meddwl galw heibo o hyd, ond ma pethe mor fishi yn y garej," meddai Gareth gan redeg ei law dros ei ben moel.

"A finne 'da'r wyrion," ychwanegodd Aelonwy.

"Ma rhwbeth o hyd," cytunodd Gareth.

"A mae'n gwbod lle y'n ni," meddai Aelonwy wedyn gan wylio'r geiriau'n diflannu i'r awyr ym mwg y coffi.

Ar ddiwrnod priodas Gareth ac Eileen, llefen wnaeth

Aelonwy. Doedd hi byth yn mynd i gael gafael ar ddyn, a fyddai hithau byth mor hapus â Gareth ac Eileen. Eisteddodd Eileen ar ei phwys yn festri'r capel cyn y gwasanaeth priodas, yn sychu'i dagrau ac yn ceisio ei darbwyllo nad oherwydd ei bod hi eisiau dangos i bawb ei bod hi'n ddibriod y dewisodd Eileen hi'n forwyn briodas. Roedd trwyn Aelonwy yn goch a'r *eyeliner* a oedd yn ffasiynol ar y pryd wedi rhedeg. Dechreuodd y gwasanaeth hanner awr yn hwyr ac fe fu'n rhaid i Eileen gnoi ei thafod wedyn yn y gwesty y noson honno wrth i Aelonwy lyncu'r Babycham a brandi fel tase dim fory i gael a chwydu wedyn ar hyd carped drud y gwesty. Bu'n rhaid i Gareth ac Eileen dalu iddo gael ei lanhau'n broffesiynol.

Ac yna, pan gafodd Glesni ei geni, aeth Aelonwy ddim i'r tŷ atyn nhw am dri mis oherwydd ei bod hi'n llawer rhy brysur wrth ei gwaith yn y banc i ddod i helpu. Dim ond dod wnaeth hi wedyn pan oedd Richard ar ei braich, modrwy ar ei bys, a chynlluniau ar y gweill am briodas ddwywaith gymaint ag un Gareth ac Eileen. A dweud y gwir, meddai Aelonwy wrth Eileen ar y pryd, fyddai neb wedi gweld priodas yn debyg iddi. Byddai Aelonwy'n garedig iawn wrth Eileen wedyn, ac yn galw'n wythnosol i rannu ei chynlluniau a thrafod bwydlenni ar gyfer y brecwast ac i helpu weithiau gyda'r un fach.

"Gore po gynta neith e'r ewyllys," meddai Aelonwy. Roedd y cwpanau coffi'n wag erbyn hyn ac fe agorodd yr handbag a oedd yn ei chôl a thynnu rhyw bapurach oddi yno. Edrychodd Gareth arni mewn syndod. "Ma unrhyw un yn galler neud ewyllys erbyn hyn. Wi wedi llenwi'i fanylion e fan hyn…" Edrychodd Gareth ar yr ysgrifen gyrliog. "Wi wedi rhestru ei bethe fe fan'na. Y pethe pwysig o leia…"

Cydiodd Gareth yn y papurach ac edrych ar y rhestr gan grafu ei ben.

"Ma modrwy Mam a'r cloc 'na…" meddai Aelonwy a'i dwylo'n cydio ac yn ailgydio yn lledr ei bag. "Fi ddyle gal y fodrwy, gan mai fi odd ei merch hi."

Allai Eileen fyth â deall y boen o beidio cael merch, byddai Aelonwy'n dweud wrthi o hyd. Wrth gwrs fod Aelonwy'n caru'r bechgyn, byddai'n esbonio, ond roedden nhw'n ryff ac yn ymladd o hyd, ac roedd hithau'n rhy wan i gael rhagor o blant a'i phwysau gwaed hi'n rhy isel i drio cael merch. Fyddai hi byth yn cynnig edrych ar ôl Glesni chwaith oherwydd ei fod yn peri cymaint o boen meddyliol iddi. Serch hyn, fe fyddai hi'n gweld synnwyr yn y bechgyn yn mynd i aros gyda'u modryb Eileen ambell benwythnos oherwydd mai dim ond un plentyn oedd gan honno a bod eisiau hoe arni hi. Ac wedi'r cyfan, byddai hi'n dweud wrth Eileen, roedd hi'n braf i Gareth gael cwmni'r bechgyn ac yntau ddim wedi cael mab ei hun. A phan aeth eu mam yn sâl, roedd Aelonwy'n meddwl y byddai hi'n well iddi yn nhŷ ei brawd am fod dwy yno i'w thendio a Glesni yn ddeunaw erbyn hynny, a byngalo bach Gareth ac Eileen yn llawer mwy hwylus i'r gadair olwyn na thŷ anferth Richard a hithau. Ond ar ddiwrnod yr angladd, roedd Aelonwy'n hollol sicr mai hi ddylai gerdded yn union y tu ôl i'r arch gan gydio yn llaw ei thad, ei bechgyn hithau a Richard yn cario'r arch, tra bod Gareth ac Eileen yn cerdded y tu ôl iddi yn gefnogol.

"Ond do's dim merch 'da chi i gal modrwy Mam ar 'ych ôl chi," meddai Gareth gan roi'r papurau i lawr ar y bwrdd. Cododd ei chwaer ei llygaid yn siarp. "Fydde'n well 'se Glesni ni'n ei chal hi, a wedyn fe gadwn ni ddi yn y teulu."

"Wel, pwy sydd i weud nad Glesni geith hi ar 'yn ôl i?"

Cododd Aelonwy ei haeliau.

"A wi'm yn gwbod a ddyle'r tŷ gal ei werthu fel'na…" Pylodd llais Gareth.

"Wel, ma'n well na un yn prynu'r llall mas," meddai Aelonwy.

"Ond falle fydd isie arian y tŷ i dalu am ei ofal e." Roedd chwys yn wawr ar hyd ei dalcen erbyn hyn. Rhoddodd fys o dan ei goler a thynnu ychydig.

"Pwy ofal?" gofynnodd Aelonwy.

"Wel, os gwaethygith ei feddwl e, allith e byth aros yn y tŷ 'na ar ben ei hunan."

Astudiodd Aelonwy ei wyneb cyn sythu ei chefn yn ara bach ac anelu'r ergyd.

"Chi'n gweud 'tha i, 'te, bo' chi ddim yn mynd i gynnig yr un gofal i Dad ag a roioch chi i Mam?" Cododd un o'i haeliau yn fwa.

Trawyd Gareth gan y geiriau yng nghanol ei frest ac eisteddodd yn ôl yn ei gadair.

"Wel, ddim 'ny yw e," stablodd. "Dyw Eileen a finne ddim mor ifanc ag o'n ni a dyw Glesni ddim adre nawr..."

"Wel, allwch chi ddim disgwyl i finne..." cychwynnodd Aelonwy. "Ma pump o wyrion 'da fi i feddwl ambwti nhw. Chi'n gwbod dim byd amdani."

Yna, dechreuodd dafnau trymion o law daro ar y ffenest, un ar ôl y llall, fel drymiau rhyfel pell.

"Wel, fe allwn ni ofyn iddo fe beth mae e isie neud pan gyrhaeddith e," meddai Aelonwy.

Cododd Gareth ei ben.

"Gofynnes i i Glenda ei daro fe draw, inni gael siarad am bethe. Iddo fe gal arwyddo. Inni gal dibennu â phethe."

Roedd y byd y tu allan i'r ffenest wedi dechrau tywyllu gan wlybaniaeth, a rhyw darth o gynhesrwydd wedi dechrau codi o'r llawr.

Roedd y ddau wedi llwyddo i osgoi eu cyfrifoldebau'n weddol. Eileen fyddai'n galw fwyaf ar dad Gareth ond doedd honno ddim yn gweld mai ei lle hithau oedd rhedeg o hyd. Ac roedd Aelonwy yn llawer rhy brysur yn gwneud ei gwallt yn y dre i dderbyn galwadau ei thad. Teimlai Gareth ei fod wedi gwneud ei siâr ar ôl gofalu am eu mam, a chadw draw oedd y peth gorau fel na fyddai'n cael ei dynnu i mewn unwaith eto i'r fath sefyllfa.

Pan ddaeth y car, fe wyliodd y ddau Glenda yn agor y drws gan ddal ei chot uwch ei phen. Cerddodd i ochor arall y car ac agor y drws hwnnw. Clywodd Aelonwy a Gareth sŵn y chwerthin wrth i'r ddau ddod drwy'r glaw. Clywodd Aelonwy Glenda yn gofyn am y ddau wrth y ddesg ac yna, fe agorodd y drws. Daeth eu tad i mewn, ffon yn un llaw, a Glenda'n gafael yn y llaw arall. Edrychodd y ddau arnyn nhw wrth iddyn nhw eistedd. Roedd eu tad yn edrych yn ifancach rhywffordd mewn *sports jacket* drwsiadus a *carnation* yn ei fotwm ac fe sylwodd Aelonwy ar y siwmper binc a'r sgidiau sodlau uchel oedd gan Glenda. Fe wenodd y ddau ar ei gilydd.

"Wel, ma'n neis 'ych gweld chi," meddai Glenda gan bwyso'n amddiffynnol tuag at yr hen ddyn. Sylwodd Aelonwy nad hon oedd y weddw fach lwydaidd oedd yn byw drws nesa i'w thad. Roedd hi'n berson cwbwl wahanol ond eto'n gwmws yr un peth. "Achos ma rhywbeth gyda ni i weud."

Doedd dim cyffro yn llygaid ei thad o gwbwl. Edrychodd Aelonwy yn syth i wyneb ei brawd.

"Wel, ma'ch tad a fi… ni newydd briodi, on'd y'n ni?" Tynnodd ar ei fraich a chwerthin. Dim ond gwenu wnaeth hwnnw, a'i feddwl ymhell bell i ffwrdd.

SWPER Y LLANCIE

JOHN ERW-LAS FYDDAI'N cyrraedd gynta bob blwyddyn. Yn codi'r allwedd wrth Delyth Siop cyn ysgwyddo'r hen ddrws pren ar agor a throi'r boiler dŵr arno yn y wal. Hen festri fach ddigon plaen oedd hi – wyth ford a meinciau pren, cegin syml yn un pen iddi, cwpwrdd ar gyfer y llestri, a sinc yn y gornel. Fel arfer, byddai gwaith twtio a tsiaso corynnod cyn cynnal unrhyw ddigwyddiad ond roedd y gymdeithas yn llawer tawelach nag y buodd hi. Roedd y lle yn gymen heddiw, fodd bynnag, ar ôl te angladd rhyw bythefnos yn ôl.

Agorodd John yr hen gwpwrdd llestri a synnu at eu gwynder brau drwy olau'r prynhawn. Roedd y cwpanau a'r soseri wedi eu pentyrru'n daclus ar y ddwy silff ucha a darn o bapur wedi ei staplo ochor fewn i un o'r drysau pren ac arno ysgrifen flodeuog yn rhestru eu nifer. Roedd yna blatiau bach a phowlenni siwgwr hefyd a phedair siwc la'th ac enw'r capel mewn baner las ar eu hochrau. Ar y drydedd silff, roedd pedwar tebot *stainless steel* praff roedd merched y capel wedi eu polisio fel ceiniogau newydd. Plygodd John i gydio yn y rholyn o bapur gwyn a gedwid ar y silff waelod gan deimlo holl bwysau'r blynyddoedd yn ei gefn am eiliad.

John oedd yn gyfrifol am osod y byrddau. Rholio'r papur gwyn ar hyd y byrddau a'i dorri yn un pen â'i gyllell boced. Heno, fe aeth i drafferth i wasgu'r papur yn llyfn â'i ddwylo llydan gan synnu ar erwinder ei groen yn erbyn yr allor wen. Rholiodd y papur gwyn ar hyd y byrddau un wrth un gan deimlo ei hun yn ennill ei wres. Tynnodd ei siaced a'i gap a'u hongian ar un o'r pegiau ar bwys y drws mas. Fyddai dim rhaid cynnau'r tân trydan heno. Roedd gwres ola'r dydd yn taflu siapiau'r ffenestri ar y llawr yn barod, ac erbyn i'r lle lenwi fe fyddai'n hen ddigon cynnes.

Yna, pan oedd y byrddau wedi eu gosod, aeth allan i gefn y car i gario bocs cardfwrdd i mewn. Roedd wedi gwneud ymdrech eleni ac wedi cadw rhyw hen botiau jam a marmalêd cyn eu socio mewn padell a philo'r papurau lliwgar oddi arnynt. Doedd e ddim eisiau pigo blodau, ond fe gerddodd i ffridd ucha'r mynydd yn

Erw-las lle tyfai'r grug gwyn. Pigodd golied o hwnnw cyn mynd ag ef i'r tŷ tywyll i'w osod yn y potiau. Gosododd y rheini un wrth un ar y fordydd cyn mynd ati i ddidoli'r llestri.

Ar ôl godro cynnar byddai Robert Rhydreithin yn cyrraedd. Byddai hwnnw wedi codi rhyched o dato newydd o'r ardd a'u gadael i ferwi ar y stof tra byddai allan yn y beudy. Byddai'n eu harllwys wedyn gyda'r ham i mewn i badelli a'u rhoi yng nghefn y Land Rover a dod â nhw i'r festri. Hen grwt ffeind oedd Robert a chafodd pawb syndod pan adawodd Nansi ef yr holl flynyddoedd yn ôl. Buon nhw'n caru am flynydde mowr a hithau byth a beunydd gyda'i fam yn Rhydreithin. Ac un diwrnod, bant â hi. Mae'n debyg ei fod yntau wedi cymryd yn ganiataol y byddai'r ddau'n priodi ac wedi anghofio gofyn. Doedd y dyn arall ddim wedi gwneud yr un camgymeriad. Brithodd gwallt yr hen Robert dipyn dros y blynyddoedd; ac yntau yn ei bedwardegau cynnar erbyn hynny, doedd dim cyfle na ffydd wedi bod wedyn. Roedd ei fam yn ddall erbyn hyn ac fe fyddai hi'n treulio ei hamser yn gwrando ar y weiarles ac am sŵn traed Robert ar lawr yr hen gegin yn feunyddiol.

Roedd Dafydd Neuadd ar y llaw arall yn llanc o

ddewis. Roedd ganddo wallt trwchus a byddai'n rhoi Brylcreem ynddo nes ei fod yn don daclus pan oedd e'n ifanc. Allech chi ddim dweud mai mab ffarm oedd e yn ôl ei ddillad. Roedd tipyn o swanc yn perthyn iddo ac fe fyddai byth a beunydd â chlais ar ei wyneb ar ôl cecran ambwti rhyw fenyw yn rhywle. Byddai ei fam yn ei alw'n hen gwrci, gan wenu arno a'i llygaid yn disgleirio. Ond wrth iddo heneiddio, ddaeth ei asbri ddim i ben. Byddai'n dal i alw gyda hon a hon yn ei thro ac yn y diwedd, fe beidiodd ei fam feddwl y deuai un ferch arbennig. Un fyddai'n ei rwydo. Un fyddai e'n wirioneddol yn meddwl rhywbeth ohoni. Un fyddai'n rhoi stop ar ei nonsens o'r diwedd. Fe dderbyniodd na châi hi ddim priodas. Byddai'n byw adre am byth. Dod â tsiytni cidnabêns neu fitrwt fyddai Dafydd. Y tameidiau bach ychwanegol fyddai'n helpu'r pryd gweddol blaen. Wrth alw fan hyn a fan draw, roedd wastad poted o rywbeth gydag e.

Roedd Robert wedi cyrraedd, a Dafydd wrth ei gwt. Edrychodd y ddau ar John yn ei siwt a gwenodd Dafydd ar Robert. Roedd rhai o'r pentre'n ymlwybro tuag at y festri hefyd a rhowliodd John lewys ei grys i fyny a llacio ei dei ychydig. Byddai'r parau o gymdogion fynycha'n eistedd ar bwys ei gilydd ac fe fyddai ford i'r plant. Y rheini fyddai'n cael eu bwyd gynta er mwyn eu cadw'n brysur ac fe fyddai Dafydd yn gwneud rhyw ddwli gyda nhw nes eu bod yn chwerthin dros bob man. Roedd Delyth Siop a gweddill menywod y capel ar bigau'r drain i gyd, a'u dwylo'n ysu am helpu. Roedd gweld y dynion yn rhoi'r llieiniau'n ôl yn y llefydd anghywir a ddim yn rhoi dŵr yn y tebote i'w cynhesu cyn eu llenwi'n gyfan gwbwl â the bron yn ormod iddyn nhw. Wincio arnyn nhw fyddai Dafydd wrth gario platiau heibio eu clustiau a dweud y byddai'n disgwyl cusan ar ei foch gan y fenyw ola i fennu ei swper.

Doedd John ddim yn llanc o ddewis. Doedd e ddim chwaith yn llanc oherwydd rhyw anffawd carwriaethol. Fe setiodd ei gap ar Ginny Llwyngwyn pan oedd y ddau'n weddol ifanc. Ond a'i mam yn ffaeledig a hithau'n gorfod gofalu gymaint amdani hi a'i thad, chafodd y ddau byth lonydd. Safodd hithau adre yn twtio, yn coginio ac yn gofalu am ei mam. Ar ôl marw ei thad, byddai hi'n bwyta o flaen y tân ar ei phen ei hun ar ôl cario'r swper i'w mam yn ei stafell wely. A byddai yntau wrth fwrdd bach ar ei ben ei hun yn Erw-las.

Roedd Robert yn llenwi'r tebote gyment byth, a

phawb yn canmol y tsiytni. Cododd cleber ysgafn cysurus wrth i'r llancie weini'n dawel, yn offrwm i'r mamau a'r chwiorydd, y modrybedd a'r merched, a phob cwpaned yn ddiolch tawel am ofal a chymwynas. Yn gydnabyddiaeth o darten fwyar wedi ei gadael ar stepen drws. O siwt wedi ei chasglu a'i smwddio tuag at ryw angladd. O fodlonrwydd i adael y dwt a berwi'r tegyl i eistedd gyda nhw pan fydden nhw'n galw.

Roedd y plant yn chwarae y tu allan erbyn hyn a'u chwerthin yn codi fel gwenoliaid o gwmpas yr hen gapel. Agorwyd y ffenestri a llaciodd ambell un fotwm uchaf ei drowsus. Gallai John glywed Dafydd yn arwain rhyw gôr o chwerthin o ochor draw yr ystafell. Edrych allan ar y plant yn chwarae roedd Ginny – a rhyw wên bell ar ei hwyneb. Cliriodd John ei wddf wrth sefyll o'i blaen. Roedd cardigan liw melyn golau am ei hysgwyddau ac er bod y blynyddoedd, ac angladd ei mam yn ddiweddar, wedi gwisgo ei hwyneb, roedd y golau aeddfed yn tywyllu ei llygaid yn hardd. Gwenodd ar John.

"Shwt odd y swper?" gofynnodd John. Cydiodd yn ei phlat a sylweddolodd y ddau fod ei law yn crynu.

"Y swper gore i fi ei gal erioed," meddai hithau.

Tasgodd chwerthin y plant ar hyd yr hen welydd.

"Meddwl o'n i," meddai John gan roi'r plat i lawr er mwyn canolbwyntio ar ei eiriau, "y gallen ni ddod gyda'n gilydd y flwyddyn nesa…"

Teimlodd Ginny ryw wres annisgwyl yn codi dros ei brest. Roedd ei llygaid yn pigo o ddagrau. Oedodd am eiliad a meddwl am yr holl flynyddoedd o eistedd a bwyta ar ei phen ei hun. Roedd John yn syllu arni.

"Dewch," meddai hi. "Mae'n bryd ichi iste."

Y CÔR

Y CHWECHED CÔR o'r cefn oedd e, ar yr ochor chwith. Hen gorau digon cul oedden nhw a dweud y gwir, a stribyn o ryw ffelt coch a hwnnw'n batrymau duon wedi ei hoelio arnyn nhw. Hongiai clustogau bach cochion oddi ar fachau y tu ôl i'r côr tu blaen er mwyn plygu ar gyfer y gweddïau, ond digon tenau oedd y rheini. Nid bod neb yn mynd i'r eglwys i fod yn gyfforddus.

Cofiai Margaret eistedd dan gesail ei mam-gu yn ei chostiwm *two-piece* a honno'n ei siarsio i gadw'n dawel trwy bysgota ambell i Fint Imperial allan o'i handbag sgwâr. Mentrodd Margaret ddweud wrthi unwaith bod hwnnw, a'i ledr patent gwichlyd a'r clip fyddai'n cau gyda chlop fawr, yn llawer mwy swnllyd na hithau. Doedd Mint Imperials ddim yn gweithio ar Emrys ei brawd, yn enwedig pan dyfodd e'n gnapyn drygionus. Cymerodd Mam-gu at guddio llwy bren i fyny ei llawes erbyn y diwedd a'i thynnu i lawr at gledr ei llaw a dangos ei blaen hi i Emrys pan fyddai e'n mynd yn rhy rheipus.

Côr teulu Pantysgawen oedd e wedi bod erioed, a phan gerddodd Margaret i mewn i'r eglwys ar y dydd Sul cyntaf hwnnw a gweld Mr a Mrs Greenwood yn eistedd ynddo, fe feddyliodd y deuen nhw i ddeall eu camgymeriad yn ddigon buan. Aeth Margaret i un o'r corau cefn ac eistedd yn gefnsyth a'i bochau'n llosgi. Roedd yr eglwys yn edrych yn hollol wahanol o'r fan honno. Yn ddierth bron.

Wfftiodd Leusa Tŷ Hen hi pan soniodd am y peth wrthi. Roedd y ficer newydd ifanc wedi dechrau gwahodd pawb i aros am baned yng nghefn yr eglwys ar ôl oedfa'r bore ar y trydydd Sul yn y mis. Leusa Tŷ Hen fyddai'n ymroi at y gwaith o wneud te gogyfer ag angladdau a phob achlysur arall ac roedd ganddi'r bratiau a'r llieiniau a'r Tupperware i brofi hynny.

"Duw, Duw, Margaret fach," meddai hi cyn cario te at Mrs Greenwood, "ma 'na ddigon o le i iste."

Arllwysodd Margaret de iddi hi ei hunan a sylwodd fod y cwpan yn crynu ychydig ar y soser.

Daeth Mam-gu i fyw atyn nhw ym Mhantysgawen

erbyn y diwedd. Roedd ei chalon hi'n ffaelu, dwedodd ei mam wrthi, ac weithiau, yn y nos, gorweddai Margaret ar ddihun yn ei gwely drws nesa yn gwrando arni'n anadlu'n swnllyd fel rhywun ar fin boddi. Cofiodd Emrys yn dod i mewn i'w gwely pan ddihunwyd ef gan y doctor a gyrhaeddodd y tŷ ganol nos. Chwiliodd am ei llaw a gorwedd yn dawel, am unwaith, wrth ei hymyl.

Ddiwrnod yr angladd cafwyd gwasanaeth yn y tŷ, a'i mam yn clymu coler gwyn am wddwg Emrys a'i rybuddio i beidio â dwyno ei hun cyn mynd i'r eglwys. Eisteddodd Margaret yn y côr y diwrnod hwnnw yn gwylio ei mam. Wnaeth hi ddim gollwng deigryn yn yr eglwys, na chwaith wrth lan y bedd. Roedd hi wedi'u rhybuddio hwythau hefyd yn erbyn gwneud 'seiens'. Er, pan ddihunodd Margaret ganol nos y noswaith honno a chlywed sŵn, fe gripiodd allan i'r landin a gweld ei mam yn eistedd ar y grisiau yn ei gŵn nos gwyn. Gwyliodd hi'n gwasgu'r dagrau tawel o'i hwyneb â'i dwylo cyn iddi ddiflannu yn ôl at ei thad.

Un waith y gwelodd Margaret ei mam a'i thad yn eistedd mewn côr arall, a hynny ar ddiwrnod ei phriodas. Eisteddai'r ddau yn anghyfforddus o flaen llygaid pawb yn y côr blaen. Roedd y siwt a huriwyd ar gyfer ei thad yn rhy fawr iddo a'r llewys yn cyrraedd tuag at hanner ffordd i lawr ei ddwylo bron. Roedd ôl y grib yn ei wallt brith, ac ôl sgwrio ar ei ewinedd. Roedd ei mam wedi dewis ffrog y gallai hi ei gwisgo rywbryd eto ond roedd ganddi het brydferth iawn, yn flodau pinc i gyd. Cofiodd yr edifarhad yn ei llygaid am iddi ddewis rhywbeth a dynnai gymaint o sylw. Sefyll ar bwys Ifor, ei darpar ŵr, wnaeth Emrys, a'i lygaid yn dawnsio. Roedd y ddau wedi bod yn ffrindiau erioed. Er bod Emrys yn drwsiadus o smart yn ei siwt, doedd e heb gael amser i siafio am ei fod wedi bod yn clirio coed a dorrwyd ar lôn fferm Pantysgawen er mwyn rhwystro Margaret rhag cyrraedd yr eglwys. Roedd rhywrai wedi clymu drysau'r eglwys ar gau hefyd, ac roedd Emrys yn edrych ymlaen at gael clywed pwy oedd wedi bod wrth y drygioni er mwyn iddo gael talu'r pwyth yn ôl pan ddeuai priodas i'r fferm honno. Oherwydd hyn oll, roedd Margaret hanner awr yn hwyr i'r eglwys, a doedd cerdded i mewn mor ddiweddar wedi gwneud dim i nerfau ei mam.

Fe ddaeth Mr a Mrs Greenwood â phobol newydd gyda nhw i'r eglwys. Chwarae teg iddyn nhw, meddai

Leusa, yn enwedig gan fod aelodau newydd yn mynd mor brin. Doedd neb fel Mrs Greenwood am wneud cacen chwaith ac fe newidiwyd y pice bach pan fyddai te yn yr eglwys am rysáit Country Farmhouse Cake Mrs Greenwood. Fe ddechreuodd Mrs Greenwood helpu Leusa ar bob cyfle hefyd. Coffi fyddai Mrs Greenwood yn ei yfed, nid te. Roedd Leusa'n gwybod hynny oherwydd fe fyddai'r ddwy'n cyfarfod weithiau yn y dre am glonc. Arferai Margaret gwrdd â Leusa pan fyddai hi'n mynd i'r dre i ymweld ag Emrys ond byddai Leusa fel llysywen ynglŷn â'r trefniadau cyfarfod, a Margaret yn teimlo efallai ei bod wedi cael digon o'i chlywed yn sôn am y côr o hyd.

Bedyddiwyd plant Margaret ac Ifor yn y fedyddfan garreg yng nghefn yr eglwys. Llefodd Gethin fel y cythrel, a Mared hefyd. Gwelodd ei mam a'i thad y ddau fedydd. Roedd Margaret yn falch o hynny. Lefodd Margaret ddim yn angladdau ei rhieni chwaith. Fel'ny roedd hi wedi cael ei dysgu. Cofiodd eistedd yn y côr, yn angladd ei mam, ryw ddwy flynedd ar ôl un ei thad, yn edrych ar y pren. A bob tro fyddai'r galar yn codi yn ei gwddf, byddai'n cydio'n dynn yn llaw Ifor a eisteddai'n welw wrth ei hochor a'i lyncu yn ôl i lawr. Llefen wnaeth

Mared, a oedd yn bedair ar ddeg erbyn hynny, nes bod ei hwyneb yn goch i gyd a phwyso ei phen yn erbyn ysgwydd Gethin a oedd yn gwisgo hen siwt ei dad.

Phriododd Emrys fyth, roedd e'n ormod o gocyreryn. Dyna beth fyddai ei mam yn arfer ei alw, ac roedd Margaret yn diolch i Dduw na chafodd e wraig. Roedd y cryndod wedi lledu i'w gorff i gyd erbyn hyn ac er iddi geisio ymdopi ag e adre gymaint ag y gallai, mynd i gartref y bu'n rhaid iddo, a hithau'n ymweld bob wythnos ac eistedd wrth ei ymyl yn dawel. Rhesymodd y gallai hi, fel chwaer iddo, gario baich ei salwch yn well na gwraig ac er bod hynny'n boenus iddi, fe ddiolchodd na fu'n rhaid i unrhyw fenyw arall na phlant iddo ei weld fel hyn. Roedd hynny'n gysur iddi. Roedd Mared wedi bod yn caru'n dynn ers blynyddoedd lawer hefyd, ond doedd dim sôn am briodi. Roedd pethau wedi newid, byddai hi'n dweud wrthi.

Cwyno am y cryd cymale wnaeth Leusa un waith – er mwyn cael rhywbeth i'w ddweud yn fwy na dim byd arall – ond fe fynnodd Mrs Greenwood y dylai hi orffwys a throsglwyddo'r dyletswyddau te iddi hithau a'i ffrind, Cathleen. A chyn i Leusa fedru ateb, roedd y cyfan wedi'i setlo. Byddai'r rheini'n gwneud y te angladdau hefyd ac yn llywio unrhyw ddigwyddiadau eraill yn yr eglwys. Diolchwyd i Leusa'n ofnadwy am gael benthyg y bratiau a'r llieiniau a'r Tupperware. Doedd dim llawer o ots gan y ficer am y trefniadau newydd, gan fod ei Chymraeg yn weddol fratiog a hithau a Mrs Greenwood fel petaen nhw'n deall ei gilydd yn iawn.

Cwrdd bore oedd heddiw. Mr Greenwood fyddai'n rhoi'r llyfrau emynau allan a'i fab, Julian, yn gwneud y casgliad. Mrs Greenwood a Cathleen fyddai wrth y te. Eisteddodd Leusa a'i dwylo'n boenus o segur ar bwys Margaret yn y côr agosa at y drws. Roedd gwynt oer yn tynnu i mewn o dan hwnnw a thynnodd Leusa ei chardigan yn dynnach amdani. Eisteddodd y ddwy'n fud, yn gwylio'r wynebau newydd wrth eu gwaith, gan deimlo'n sicr y deuen nhw i ddeall eu camgymeriad yn ddigon buan.

EDEN

Pump oed oedd hi pan anfonwyd hi allan o'r tŷ i ofyn am flodau. Gwyliodd Rachel ei thad yn eistedd wrth y bwrdd a'i ddwylo dros ei wyneb wrth i Anti Muriel fotymu ei chot wlân yn dynn o dan ei gên.

"Cer nawr 'te, a sdim ots am eu lliwie nhw. Galwa 'da Mr Thomas, Werndale Villa. Ma tŷ glàs 'da fe."

Nodiodd Rachel a cherdded allan. Roedd y stryd yn wag ac am eiliad, cododd Rachel ei llaw yn reddfol am law ei mam i'w sadio, cyn iddi gofio. Tynnodd ei llaw yn ôl wedyn gan deimlo'r byd yn wahanol dan ei thraed.

Er ei bod hi'n haf, roedd nawsyn ynddi a golau ola'r dydd yn gwneud i'r stryd edrych yn ddierth. Cadwodd at y palmant yn reddfol cyn dechrau cnocio ar ddrysau'r hen dai a ymestynnai'n un rhibyn i fyny'r oledd. Er bod pawb cyn dloted â'i gilydd, a'r rhan helaeth o'u gerddi wedi eu troi at godi llysiau, roedd blodyn gan bob un. Pwysai'r mamau ar fframau'r drysau a'u babanod yn dynn dan eu ceseiliau i wrando ar ei neges cyn gweiddi ar un o'u plant hŷn i fynd i'r stribyn o ardd gefen i chwilota. Byddai ambell un yn cribo'i bysedd trwy wallt Rachel yn ddiwedwst a'i meddwl ymhell i ffwrdd wrth aros. Cafodd gwpwl o ddahlias a Sweet Williams o'r tai ar dop y stryd a cholied o rosys gwylltion wrth eu cymdogion yn y gwaelod. Byddai pigau'r rheini'n mynnu glynu'n bryfoclyd at ei chot wlân. Fel arfer, byddai'r blodau'n cau yr amser yma o'r dydd i gadw eu persawr cynnil y tu mewn, ond yn ei breichiau, roedd y sioc o gael eu plycio'n ddisymwth o'r pridd yn golygu bod eu llygaid yn dal yn agored, a'u harogl cymhleth yn diferu ohonynt. Cododd hwnnw gyfog ar Rachel a theimlodd am ennyd wacter yn ei bol.

Eu plethu'n gylch taclus wrth fwrdd y gegin wnaeth Anti Muriel wrth i Rachel chwarae'r llwy yn ôl ac ymlaen ar hyd wyneb yr uwd yn y bowlen. Roedd y tân wedi diffodd ers amser a'i thad wedi hen fynd am y dafarn. Gweithiodd Muriel yn y tawelwch a'r rhosynnod yn torri crafiadau yng nghroen meddal ei bysedd. Doedd dim arian i'w gael i brynu blodau, ond roedd hi'n benderfynol o gael rith i'w chwaer, a honno'n un gynhwysfawr. Gwyliodd Rachel y petalau lliwgar yn crynu'n frau o dan fysedd ei modryb. Pan oedd hi'n hapus â'r rith, fe'i cariodd hi i'r pantri er mwyn ei chadw'n oer yn barod ar gyfer yr angladd yn y bore. Gwyliodd Rachel hi'n mynd. Roedd ei mam yn oer hefyd. Y tro dwetha iddi ei gweld hi. Doedd Rachel ddim wedi hoffi blodau ers y noson honno.

Doedd dim llawer o sôn am flodau yng Ngardd Eden chwaith. Plygai hi dros yr hen feibl yn yr ysgol Sul a'i thrwyn bron yn cyffwrdd â'r papur. Roedd yna goed, oedd, ond dim rhyw lawer o flodau. Dwedai Mrs Rees Ysgol Sul mai'r ffaith fod Duw yn trysori'r hyn oedd yn ddefnyddiol yn hytrach na'r hyn oedd yn hardd oedd yn gyfrifol am hyn. Byddai hi'n edrych yn gas dros ei sbectol ar y merched tlysa wrth ddweud hyn fel rhybudd. Eisteddai Rachel yn y festri, ymhell ar ôl i'r ysgol Sul orffen, a'r plant eraill wedi rhedeg yn un ffrwydrad o ryddhad allan i'r haul i chwarae Kiss Chase i fyny ac i lawr y stryd. Arferai Mrs Rees aros gyda hi, a hithau'n ymwybodol nad oedd llawer o gysur i'r groten fach adre a hithau wedi claddu ei mam, a'i thad byth a beunydd yn y Golden Lion. Ond erbyn hyn, a'i hamynedd yn dechrau troelio'n denau, fe fyddai'n rhoi'r allwedd i Rachel er mwyn iddi gael cloi drws y festri ar ei hôl. Gallai hithau adael wedyn a mynd am dŷ ei ffrind, lle byddai'r ddwy'n chwarae Cribbage a chael clonc am hwn a hon dros Gin a Peppermint.

Eisteddai Rachel yn y tawelwch ar ôl i bawb adael, yn gwylio'r golau euraid yn dod i mewn drwy'r ffenestri gwydr ac yn rowlio enwau'r coed o gwmpas ei cheg nes ei bod hi bron yn medru eu blasu. Pomgranad. Almwnd. Ffigys. Byddai hi'n byseddu eu lluniau hefyd, y ffrwythau mor grwn, mor drwm yr olwg ac yn llawn addewid. Roedd gan goed galonnau, yn wahanol i flodau a'u petalau brau a fyddai'n diflannu dan eich bysedd. Byddai hi'n cau ei llygaid wedyn yn y festri ac fe fyddai'r hen stryd lwyd yn diflannu mewn caleidosgop o hadau cochion a chroen sidanaidd a phersawr.

Doedd neb wedi synnu pan enillodd hi'r sgolarship; heblaw am ei thad efallai, a oedd wedi cilio yn lleuad newydd o ddyn gan y wisgi. Botaneg oedd ei phwnc a threuliai'i diwrnodau yn gwylio eginoedd. Yn croesi, yn arbrofi ac yn grafftio coed. Gyda'r nos fe orweddai ar ei gwely cul yn y Boarding House a map o'r byd ar y wal. Ar hwnnw, roedd hi wedi gwasgu pinnau i'r gwledydd lle roedd rhywrai wedi mynd i chwilio am Ardd Eden dros y blynyddoedd – Irác, Feneswela, Ohio ac ynysoedd y Seychelles. Pob taith yn ofer wrth gwrs, a'r ardd annelwig yn dal i aros yn styfnig ar y gorwel.

Ac yna, fe'i gwelodd hi. Welodd Rachel ddim byd tebycach i flodyn erioed. Ei hwyneb agored lliw petalau mwyar, a brychau paill yn fwa dros ei thrwyn a thros ei phengliniau. Teimlodd rywbeth yn blaguro y tu mewn iddi. Rhyw gryndod brau. Roedd y ddwy yn rhannu ystafell yn y Boarding House, yn beicio i'r coleg gyda'i gilydd. Rhyfeddodd Rachel arni a byddai'n gorwedd yn y bync uchaf yn gwrando arni'n ochneidio weithiau yn ei chwsg, ei hanadlau'n cwympo'n betalau ar bwys y gwely. Byddai ei bochau'n llosgi dan y meddyliau yn ei phen. Codai wedyn ac agor y ffenest, gadael i awel oer dynnu'r gwres o'r stafell a cheisio datod drysni ei meddyliau.

Priodi wnaeth y ddwy wrth gwrs – hithau ag un o'r myfyrwyr eraill, a Rachel ag un o'r ymchwilwyr yn y brifysgol lle'r aeth hi i weithio. Roedd yn rhaid iddi adael y gwaith wedyn ar ôl priodi. Fyddai hi ddim yn weddus iddi ddal ati a hithau'n fenyw briod. Gwasgodd yr atgofion amdani fel blodau rhwng tudalennau'r gorffennol a'u gadael i sychu'n dryloyw. Ond mwyaf yn y byd o bwysau a roddai hi arnyn nhw, mwyaf perffaith y bydden nhw'n cael eu cadw. Gorweddai hi yn y gwely hesb ar bwys ei gŵr weithiau yn gwrando ar yr ardd yn anadlu yn y nos.

Fe ysgrifennodd y ddwy at ei gilydd am rai blynyddoedd – nes i'w gŵr hithau ddarganfod rhai o'r llythyron a'u llosgi yn ei dymer. Roedd yntau'n siŵr bod ei wraig yn dioddef yn feddyliol ar ôl genedigaeth eu mab, ac fe wnaeth yn siŵr ei bod hi'n gwybod y byddai ef a'r babi'n mynd i fyw at ei fam petai'r llythyru'n parhau.

Edrych allan drwy'r ffenest roedd Rachel ar ôl bore arall o ddarllen a pharatoi swper, a hithau wedi gorffen y cwbwl erbyn un ar ddeg y bore. Rhyw batshyn digon di-nod oedd y tu ôl i'r tŷ *semi-detached* ond wrth iddi edrych arno, fe welodd y lle'n blaguro o flaen ei llygaid. Pan edrychodd hi ar y cloc roedd chwe awr wedi mynd heibio a chynllun wedi ffurfio yn ei phen. Roedd cael gafael yn y coed ffigys yn hawdd, roedd yna ddigon o wahanol fathau. Roedd y goeden almwnd wedi bod yn anoddach ei chael, ond un wrth un, fe gasglodd y coed ynghyd a thros y blynyddoedd fe lafuriodd ac fe flodeuodd Eden y tu ôl i'w cartref bach. Treuliai hithau oriau yno, yn plannu, yn tendio ac yn chwynnu. Yn nosweithiau golau'r haf, byddai hi'n darganfod y gwydr brandi gwag ar bwys ei gadair pan fyddai'n dod i mewn, a'i gŵr wedi hen noswylio. Byddai hi'n gorwedd yno wedyn ar ben y dillad gwely a'i chroen yn llosgi ar ôl bod yn yr haul, a'i chyhyrau'n boenus dros ei chorff i gyd.

Cafodd lwyddiant gyda'r goeden i ddechrau. Y goeden fwyaf yng nghanol yr ardd. Defnyddiodd ei holl wybodaeth i'w chreu. Roedd hi wedi grafftio coeden blwms a choeden afalau ynghyd. Yn fuan ar ôl dechrau'r ardd, fe aeth allan ym mis Rhagfyr gan deimlo noethni'r canghennau. Roedd y ddaear yn galed a'r gwynt main yn llosgi ei bochau. Cymerodd gyllell a thorri eginyn oddi ar y goeden eirin. Byddai grafftio coed o'r un anian gyda'i gilydd yn hawdd, cyfuno coeden afalau a choeden beren er enghraifft, ond roedd cyfuno dwy goeden o naws wahanol yn anoddach. Roedd yr afal yn galonnau bach i gyd a'r blwmsen â chalon galed. Claddodd yr eginyn wedyn i'w gadw'n gysglyd cyn torri boncyff y goeden afalau cyn y gwanwyn. Clwyfo'r goeden ac yna ei gwella oedd y nod. Gwasgu'r gyllell i gnawd y goeden, clymu'r ddau glwyf ynghyd a rhwymo'r cyfan yn dynn nes bod y ddau gnawd yn tyfu'n un. Yn cydblethu, ac un yn derbyn y llall. Tendiodd y clwyf am dri mis, gwylio nad oedd dim pydredd yn cronni ynddo a bod crachen dew yn ffurfio a'r goeden afalau'n medru derbyn pwysau'r llall. Ac fe weithiodd hefyd, a'r ddwy rywogaeth yn tyfu fel un i ddechrau, ond wrth i'r blynyddoedd fynd yn eu blaenau, safai hi yn ei rhwystredigaeth o flaen y goeden a honno'n mynnu gwyro'n ôl i'w phrif natur, a'r goeden afalau fel pe bai hi'n gwthio'r llall o'i chalon. Roedd honno'n gwanhau, a ffyrnigrwydd hunanoldeb y goeden wreiddiol yn mynnu cael bod.

Roedd digon o arian ganddi i brynu rith i'w gŵr. Archebodd un dros y ffôn a gofyn iddyn nhw ei chludo i'r Chapel of Rest ar ei rhan. Doedd hi ddim eisiau ei gweld. Roedd y diwedd wedi dod yn sydyn. Fe gollodd bwysau. Y pennau tost yn dod yn amlach. Doedd dim gobaith ganddo. Fe nyrsiodd ef hyd y diwedd, er bod rhyw ferched yn dod i mewn i'w helpu hi i'w godi a'i droi yn ddiweddar. Aeth y nodwydd i gefn ei law yn y diwedd ac roedd hi'n gwybod. Fe basiodd y gaeaf yn dawel wrth iddi ailberchnogi'r tŷ, ac fe daflodd y mygiau plastig fyddai e'n eu defnyddio i yfed yn ei waeledd. Fe unodd ei lyfrau â'i rhai hithau. Doedd ganddi ddim o'r nerth i fynd i'r ardd, ac fe fyddai hi'n eistedd yno gyda'r hwyr weithiau a'r llenni ar gau, yn ffaelu'n deg ag edrych ar yr Eden lygredig oedd yno.

Ac yna, rhyw fore, fe gododd y post i'r bwrdd a gwelodd yr ysgrifen flodeuog. Yr amlen. Lliw pinc golau petalau'r mwyar. Ac fe deimlodd y byd yn wahanol dan ei thraed unwaith eto.

Y LLIF

A**R EI FFORDD** i'r gwaith yn y lladd-dy roedd Piotr pan welodd yr hen ddyn yn cerdded i mewn i'r dŵr. Byddai ei shifft yn dechrau am bump ac fe feddyliodd, i ddechrau, y perthynai'r siaced frethyn a'r cap a welai drwy darth yr afon i un o'r pysgotwyr y deuai ar eu traws weithiau yn ceisio cocsio trowtyn o geseiliau'r afon. Ond pan sylwodd ei fod hyd at ei frest yn y dŵr a'i gap wedi ei gipio gan y llif, safodd am ychydig cyn taflu ei sigarét i'r llawr. Roedd yr afon yn ffyrnig ar ôl yr holl law, a safai'r dyn yn llonydd yn y llif a hwnnw'n plycio ar ei bwysau yn beryglus. Yna, ar ôl ennyd, gwyliodd Piotr yr wyneb gwyn a'r dillad duon yn diflannu'n dawel dan y dŵr.

"Kurwa!" rhegodd.

Rhedodd ar hyd y llwybr gan daflu'r bag oedd am ei gefn i'r llawr. Gwyddai y cadwai pwysau'r dŵr ef o dan yr wyneb ac y byddai'r llif yn ei gario'n gyflym.

Tynnodd ei siwmper dros ei ben a'i thaflu cyn oedi i dynnu ei esgidiau a neidio i'r afon. Llosgwyd ef gan yr oerfel. Tynnodd anadl ddofn cyn rhoi ei ben o dan y dŵr. Roedd y glaw ar ôl y storom wedi bod yn clatshan ar hen do'r garafán y tu ôl i'r dafarn. Gwrandawodd ar y sŵn drwy'r nos gan orwedd yn llygad-agored lwyr ei gefen. Erbyn heddiw, roedd y dŵr wedi golchi pridd i'r afon a phwysau'r llif wedi aflonyddu ei gwaelodion i gyd. Welai e ddim byd. Roedd e'n ddall. Daeth i'r wyneb unwaith eto gan wasgu'r gwlyborwch o'i lygaid â'i fysedd.

"Old man?"

Roedd y dŵr yn taro'n erbyn ei gorff ac yn ei gario yntau hefyd yn ei afael. Chwyrlïai yn gymylau o ewyn hufennog ar ochrau'r afon wrth gael ei dynnu at yr hen bont.

"Dziadek! Old man!"

Doedd dim sŵn ond sŵn dychrynllyd y dŵr. Dechreuodd deimlo'r oerfel wrth i'r llosgi bylu. Yna, teimlodd bwysau annioddefol ar ei goesau a llyncwyd ef gan y llif. Teimlodd rywbeth yn rhwygo croen ei ysgwydd. Doedd dim aer, dim ond sŵn swigod. Dim ond pwysau ofnadwy'r dŵr yn gwasgu ar ei frest ac yntau ddim wedi cael amser i baratoi cyn cael ei dynnu oddi tano. Yna, yn sydyn, dyma fe'n cael ei boeri o'r brif ffrwd. Daeth i'r wyneb o dan y bont a thynnodd anadl ddofn a phesychu.

"Son of a bitch!"

Ymbalfalodd am gangen hen goeden a oedd yn ymestyn yn lluddedig allan dros y dŵr cyn gweld llaw lachar yn y dŵr du. Tynnodd hi, a thynnu'r hen ddyn tuag ato gan godi ei wyneb uwch y dŵr. Daliodd ef o dan ei ên, gan ddal y gangen â'i law arall.

"You're trying to kill me too, eh?"

Gwasgodd ef tuag at ei frest a gallai deimlo'r symudiad lleiaf yn ei gefn. Edrychodd Piotr i fyny o dan yr hen bont. Roedd llysnafedd du ar y cerrig ar ôl yr holl flynyddoedd o damprwydd. Pe bai'n gollwng ei afael, câi'r ddau eu llusgo dan y dŵr eto. Ac allai e ddim â thynnu ei hun o'r llif ag un fraich. Doedd dim byd i'w wneud ond aros. Aros nes i rywun ddod ar eu traws.

Rhesymodd efallai y deuai rhywun heibio yn mynd â'i gi am dro cyn bo hir. Fyddai dim un o'r lleill yn cerdded ar hyd yr afon i'r gwaith. Byddai'n well ganddyn nhw ymgynnull wrth y wal o flaen y dafarn lle roedd y rhan fwyaf ohonyn nhw'n byw mewn stafelloedd sengl, cyn mynd i'r siop Bwylaidd i godi sigaréts a chylchgronau o'r silff dop a cherdded wedyn gyda'i gilydd a chellwair yr holl ffordd ar hyd yr heol fawr. Dim ond Piotr fyddai'n cerdded ar lan yr afon.

Nid ei fod yn hoff o afonydd chwaith. Yr unig brofiad oedd ganddo oedd pysgota am gerpyn ar gyfer dathliadau'r Nadolig adre. Byddai ef a'i dad yn mynd i bysgota, ac yn cario eu gwobr yn ôl yn fyw mewn bwced o ddŵr yng nghefn y car. Gan fod cerpyn yn bwyda ar waelodion y dŵr, byddai'n rhaid ei lanhau drwy ei gadw yn y bath am ddiwrnod neu ddau heb ei fwydo. Cofiodd sut y byddai'n eistedd yno bob blwyddyn yn y stafell folchi fach yn gwylio'r hen bysgodyn yn nofio'n ôl ac ymlaen, a'i lygaid meirwon yn syllu'n ddall ar wynder y twba.

Pan adawodd eu tad, ei waith yntau fyddai lladd y pysgodyn i'r teulu yn flynyddol. Theimlai ddim byd wrth ei dynnu o'r dŵr a gwylio'i geg yn agor a chau wrth iddo foddi yn yr aer. Trawodd e dros ei ben â darn o bren cyn ei agor â chyllell. Byddai ei dad yn arfer cadw un o'r cen o groen y pysgodyn a'i wasgu i'w waled yn lwc iddo. Ond wnaeth Piotr ddim. Erbyn ei fod yn dair ar ddeg, doedd e ddim yn credu mewn pethau fel lwc na hud a lledrith.

Ef fyddai'n cyrraedd y lladd-dy gyntaf bob bore. Troi'r radio ymlaen, a gwisgo'i welingtons a'i ffedog rwber. Ac yna, pan fyddai'r gweddill wedi ymlwybro o'r pentre, fe fydden nhw'n dechrau lladd. A defnyddio greddf yr ŵyn yn eu herbyn i raddau. Bydden nhw'n troi pen oen i fyny'r rhes, ac yna byddai'r gweddill yn dilyn. Un ar ôl y llall. Yn reddfol. Yn ffyddiog na fyddai'r un ohonyn nhw eu hunain yn cael eu harwain at berygl. Roedd y system yn fecanyddol. Eu lladd a'u hagor. Pob cam yn cael ei gyflawni'n ddiwydiannol o ddiffwdan. Troi brefiad yn gig. Y gwaed yn cael ei gasglu mewn tanceri yn alwyni o wrtaith i ryw gaeau pellennig.

Ond weithiau, byddai un oen gwahanol. Byddai'r ffermwyr yn cydnabod hynny. Roedd rhai fel petaen nhw'n medru synhwyro rhywbeth. Roedd rhywbeth gwahanol yn eu llygaid. Bydden nhw'n ceisio neidio'r llociau. Strancio. Dianc yn ôl yn y rhes a'u hanadlau'n dod yn drwm. Eu cicio'n ôl i'w lle fyddai'r bechgyn eraill, yn ôl i'r drefn, cyn chwerthin am rywbeth ac anfon neges at un o'u cariadon adre. Byddai Piotr yn sefyll yn eu gwylio heb ddweud gair.

Roedd ei fraich yn blino. Gwaeddodd am help ond roedd tarth yr afon yn mygu ei lais. Teimlai ei gryfder yn erbyn y corff brau wrth ei frest. Roedd hwnnw'n mwmian rhywbeth.

"It's ok, old man."

Dilyn y rhes roedd yntau wedi ei wneud hefyd. Yn y dref dlawd. Gadael yr ysgol. Gweithio fan hyn a fan draw. Cael babi gyda'i gariad, addo'r byd iddi, cyn ei gadael hi. Meddyliodd am ei ferch fach wrth i'w gorff ddechrau crynu yn yr oerfel. Roedd yr hen ddyn yn dechrau cau ei lygaid. Sibrydodd yn ei glust, fel petai'n darllen stori amser gwely i'w groten fach, gan gynhesu ei hen foch gyda'i anadl. Gallai ei deimlo'n ymlacio. Sylwodd Piotr fod ei wallt yn denau. Ei gnawd yn llac o amgylch ei esgyrn, rhyw olew ac arogl baco ar ei groen. Teimlodd ef yn pesychu.

"Ma nhw'n mynd â'r ffarm," meddai, a'i lais mor isel ag atgof.

"Shhhh."

"Y banc, wi 'di ffaelu talu," meddai.

"It's ok, old man."

"Ddeith pawb i wbod."

"I don't understand."

"Ddeith pawb i wbod."

"I don't know who's crazier, you or me, old man."

Roedd gwefusau Piotr yn crynu erbyn hyn. Doedd e erioed wedi teimlo mor oer o'r blaen. Roedd y cyhyrau yn ei fraich yn crynu dan y straen. Allai e ddim teimlo rhan isaf ei gorff o gwbwl.

Meddyliodd am ei ferch fach unwaith eto. Ei chroen llyfn. Tybed pwy fyddai'n dal y cerpyn fyddai hi'n ei fwyta Nadolig eleni? Doedd e ddim wedi siarad â'i mam ers blynyddoedd. Byddai'n anfon canran o'i arian yn ôl ati wrth gwrs, ond roedd y cyfan yn cael ei wneud yn amhersonol trwy'r banc. Doedd e ddim yn gwybod a oedd cariad newydd ganddi hi, na phwy fyddai'n rhoi ei ferch fach yn ei gwely bob nos. Cofiodd am y cerpyn hwnnw'n nofio'n ôl ac ymlaen yn y gwynder.

Teimlodd y dyn yn cydio ynddo. Yr hen fysedd yn crafangu am ei ysgwyddau. Ac fe drodd ddigon iddo ei weld yn iawn. Syllodd i'w lygaid. Teimlo ei anadlau bas ar ei wyneb. Roedd y ddau lygad yn llygad. Doedd dim geiriau ganddo a chwiliodd Piotr am yr olwg yna. Yr olwg oedd yng nghannwyll llygaid yr anifeiliaid fyddai eisiau dianc. Ond doedd dim byd yno. Dim stranc. Dim awydd dianc. Ac yna, heb eiriau, deallodd y ddau ei gilydd. Tynnodd Piotr ef yn agosach ac am eiliad, pwysodd yr hen ddyn ei ben ar yr ysgwydd ifanc. Gwrandawodd y ddau ar anadlau ei gilydd cyn i Piotr lacio'i afael a'i ollwng yn ofalus i'r llif. Gwyliodd ef yn toddi i'r dŵr a gwrandawodd ar yr afon yn ei lyncu. Yna, a'i holl gorff yn crynu, tynnodd ei hun o'r afon. Safodd, am ennyd, ar y lan yn gwylio tarth y bore'n codi. Roedd diwrnod newydd yn agor o'i flaen. Yna, casglodd ei bethau cyn cerdded, yn erbyn y llif, am adre.

GWAHADDOD

DIM OND PEDAIR oed oedd Eben pan dynnodd ei dad y wahadden o'r pridd i olau llachar mis Ebrill. Dim ond un o'i dwylo meddal oedd wedi ei dal yn y trap ac roedd hithau'n padlo yn yr aer, a'i llygaid bychain wedi eu dallu gan y golau dychrynllyd. Chwerthin ar ei phen wnaeth ei dad cyn ei churo gyda'r bâl a cherdded i dendio'r trap nesaf. Oedodd Eben am ychydig cyn mynd i'w gwrcwd yn ei drowsus byrion ac edrych arni. Er ei bod wedi ei phlycio o'r pridd, doedd dim pripsyn o faw a llaca arni. Roedd ei ffwr du yn sgleinio'n lân a hwnnw'n symud bob ffordd dan flaen ei fys. Roedd hi'n dal yn gynnes, a theimlodd Eben ryw wres yn codi i'w frest wrth ei gweld yn gorwedd yn annaturiol yn y golau. Trodd a thaflu ychydig o bridd drosti cyn rhedeg ar ôl ei dad. Y noson honno, digon diwedwst oedd e dros ei swper. Cribodd ei fam ei bysedd drwy ei wallt cyn i'w dad gyfarth arno am fod mor fabanedd. Rhedodd wedyn i fyny'r hen risiau i'r gwely.

Gan fod Tŷ'r Onnen yn wynebu'r pentre, allai ei dad ddim diodde'r pentrefwyr yn edrych i fyny i weld ei gaeau'n frith o dwmpathau anniben. Byddai'n cadw'r clos fel pin mewn papur hefyd rhag ofn i rywun alw, nid bod gan Eben lawer o gof y byddai rhywun byth yn galw. Roedd ei dad wedi torri'r hen goed ynn ar y lôn yn lle eu bod yn colli eu dail o hyd ac fe fyddai'n cadw pob trotshen yn daclus o fyr. Ddwedodd ei fam ddim byd chwaith, pan dynnodd y ffens ar waelod yr ardd i uno'r cae fel bod dim hen ddrysni o gwmpas y tŷ. Dim ond mynd ati i fopio'r hen leino wnaeth hi a dweud wrth Eben fod ei dad yn iawn, a bod gormod o waith wrth yr hen flodau beth bynnag.

Weithiau, os mai yntau oedd wedi cael y prisiau gorau yn y mart, byddai'n dod adre'n frawl i gyd gyda bagied o lysiau i Olwen a chwarter o daffi i Eben. Ond weithiau, os oedd rhywun arall yn yr ardal wedi achub y blaen arno gyda'r cywen, fe fyddai'n tawelu'n beryglus a byddai ei fam yn codi ei bys at ei gwefusau er mwyn ei rybuddio wrth iddo ddod i'r tŷ.

Ond y gwahaddod fyddai'n ei gythruddo fwyaf. Weithiau, byddai Eben yn cael ei anfon i'r domen i gasglu mwydod mewn hen dun paent cyn i'w dad arllwys powdwr stricnin ar eu pennau. Gwyliai ei dad yn gwisgo maneg wedyn cyn gollwng mwydyn fan hyn a fan draw i mewn i'r llwybrau tanddaearol. Ymhen wythnos neu ddwy, fyddai dim un ar ôl, a'r gwahaddod wedi cario'r gwenwyn i walau ei gilydd i gyd. Byddai eu hôl yn diflannu wedyn, a'i dad yn dawelach ei feddwl.

Roedd Eben yn rhyw wyth oed erbyn iddo gael mynd ar ei ben ei hunan. Fyddai ei dad ddim yn gadael iddo gyffwrdd â'r gwenwyn, felly bu'n rhaid iddo ddringo dros y tractor a'r peiriant gwair yn y sied er mwyn hôl y trapiau. Roedd y rheini'n hongian yn daclus ar hen lein ddillad wedi ei thynnu ar draws talcen y sied. Gosododd nhw mewn basged cyn eu cario i'r cae. Edrychodd ar y twmpathau. Roedd y cae yn gleisiau i gyd. Yn berwi o bridd. Yna, dyma fe'n penglinio a chlirio'r pridd o un o'r twmpathau a gwthio ei fysedd i'r ddaear. Ceisiodd ddirnad cyfeiriad y llwybr cyn agor ceg y trap a'i osod yn sgwâr yn y pridd. Ceisiodd ei osod fel y byddai'r metel yn torri cefn neu wddf y creadur ar ei union, rhag iddo gael ei ddal yn fyw a'i adael. Yna, cydiodd mewn pridd a'i wasgu rhwng ei ddwylo yn beli a gosod y rheini dros y trap yn lle bod pridd mân yn glawio i mewn i'r llwybr tanddaearol ac yn teimlo'n anarferol i'r wahadden. Tynnodd y pridd yn ôl dros y trap a'i guddio'n llwyr rhag i'r golau dreiddio i'r byd islaw. Pan oedd e wedi gorffen, fe aeth at y clawdd a thorri brigyn bychan a'i wasgu i'r pridd fel ei fod yn gwybod, pan ddeuai i'w hagor drennydd, pa dwmpathau oedd â thrapiau ynddyn nhw. Yna, cododd a brwsio'r pridd oddi ar ei drowsus cyn codi'r fasged a cherdded ymlaen at y twmpath nesaf.

Mynd i ofyn i'w fam lle roedd y fasged roedd e'r bore hwnnw pan gerddodd i mewn i'r stafell wely. Roedd hi'n eistedd ar y gwely, yn tynnu ei theits amdani, pan welodd Eben y cleisiau crwn ar ei chroen gwyn. Yn frown tywyll. Yn borffor, ac yn gwyrddu tuag at eu hymylon. Gwisgodd ei theits yn frysiog a thaflu'r sgert i lawr dros ei phengliniau, gan ei ddwrdio am sgelcian ar hyd y lle. Roedd e wedi clywed rhai o'r plant yn yr ysgol yn chwerthin ar ben ei fam am ei bod yn gwisgo gymaint o golur. Fyddai'r mamau eraill ddim yn ffwdanu. Ond fe welodd Eben hi un noson yn ei olchi i ffwrdd o flaen y drych yn y stafell folchi oer a rhyw gysgod yn ymddangos trwy'i liw. Ddaeth hi ddim i'w nôl wedyn o giât yr ysgol. Fe ddwedodd wrtho ei fod yn ddigon hen i gerdded o'r ysgol hebddi erbyn hyn ac na fyddai angen iddi ei hebrwng.

Gosododd y trap olaf. Roedd y fasged yn wag a'r cae yn frith o frigau bach fel fflagiau ar gestyll tywod. Roedd hi'n oeri a throdd am adre. Yn anniddig y cysgodd y noson honno, a phob tro y caeai ei lygaid gallai deimlo'r gwahaddod yn nofio drwy'r tywyllwch. Yn palu drwy'r gwyll yn ddidrugaredd.

Pan farwodd ei dad, fe eisteddodd yn yr eglwys yn gwrando ar bobol yn canu ei glodydd. Rhibyn o rai yn siarad am ddyn nad oedden nhw'n ei adnabod yn iawn. Ei daclusrwydd. Ei ymroddiad at ei waith. Ei gyfraniad i'r gymdogaeth. Roedd cyffredinoldeb geiriau'r ficer yn clapian nad oedd e'n adnabod yr ymadawedig chwaith. Gwyliodd ei fam mewn ffrog dywyll, oedd yn llachar yn erbyn ei chroen gwyn. Roedd ei chorff wedi mynd yn eiddil a cherddai ychydig yn gloff. Cydiodd dan ei braich wrth i'w cymdogion ysgwyddo'r arch tua glan y bedd. Edrychodd Eben i fyny tuag at Dŷ'r Onnen. Roedd y clapiau a'r bencydd yn ddifrycheuyn o hyd.

Er iddo gynnig, doedd ei fam ddim eisiau dod gydag ef i'r dref ar ddiwrnod mart. Byddai hi'n aros adre, yn glanhau. Ac er ei bod hi wedi gofyn iddo godi ffens i gadw'r defaid allan o'r hen ardd iddi gael plannu ychydig o flodau eto, byddai hi'n mynd at fedd ei gŵr bob wythnos fel pader ac yn glanhau'r garreg â dŵr a sebon cyn gwasgu clwtyn i'w enw a oedd wedi ei naddu'n aur ar y marmor. Hebryngai Eben hi a gwylio ei dwylo yn sychu wyneb y garreg yn lân. Gwyddai y byddai'n rhaid iddo ddal ati i ddal y gwahaddod.

Bu hi'n sâl tuag at y diwedd. Yn ddall yn y gwely. Ac fe fyddai Eben yn codi ati ar ôl ei chlywed yn gweiddi yn y tywyllwch. Doedd e ddim yn siŵr a oedd hi'n gwybod ei fod yno weithiau hyd yn oed. Gorweddai ar ei hochor hithau o'r gwely a ffon ei dad yn dal wrth erchwyn y gwely yr ochor arall. Pan ddaeth Marion, ei wraig, i'r tŷ am y tro cyntaf, fe ddechreuodd dwtio ychydig o'i bethau o'r ffordd cyn i'w fam ei siarsio i beidio. Nodiodd y ferch ifanc a chadw at y drefn. Serch hynny, byddai'r ddwy'n cloncan yn aml am hyn a'r llall. Edrychodd ar ei hôl yn dyner yn y diwedd hefyd, gan ddal ei llaw yn y tywyllwch.

Roedd Eben wedi gweld ôl y gwahaddod o'r eglwys y bore hwnnw. Roedd salwch ei fam wedi llenwi bywydau Marion ac yntau ac fe gywilyddiodd wrth godi ei ben yn y fynwent. Teimlodd ei dei ddu yn dynn amdano ac fe allai weld y twmpathau o bridd amrwd ar wyneb daear Tŷ'r Onnen. Pan gyrhaeddodd adre aeth Marion i fatryd, a'i hwyneb yn welw ar ôl yr holl ddagrau. Tynnodd yntau ei esgidiau duon a llacio ei dei cyn gwisgo ei welingtons amdano heb ffwdanu newid ei siwt. Aeth i'r cwtsh dan stâr a chydio yn y dryll, cyn cerdded am y clap ucha.

Er iddo ddysgu dros y blynyddoedd i ddefnyddio gwenwyn a thrapiau, roedd Eben wedi bod yn astudio patrymau'r gwahaddod yn fanylach ers marwolaeth ei dad. Fe sylwodd fod ganddyn nhw rythm. Rhythm a ddibynnai ar y golau ac ar y lleuad. Pan fyddai un yn codi, bydden nhw i gyd yn codi. Fel y llanw, fe fyddai'n digwydd fynycha bob bore a phob nos. Peth hawdd wedyn fyddai eu saethu wrth iddyn nhw godi o'r ddaear. Wrth iddyn nhw godi eu pennau. Cliciodd y getrysen i'w lle a safodd. Gallai deimlo'r pridd yn anadlu oddi tano. Roedd hi'n nosi a theimlai'r gwyll yn trymhau o'i gwmpas. Gallai weld yr eglwys o'r fan hyn ac am eiliad gallai glywed llais ei dad, ac fe gododd rhyw gywilydd poeth drwyddo. Gwelodd y cleisiau. Clatshen annisgwyl. Cerydd heb eisiau. Ei fam yn sgwrio'r llawr.

Doedd e ddim wedi llefen ers colli ei fam. Eisteddodd gyda hi, a Marion yr ochor arall iddi, yn gwrando arni'n suddo i'r tywyllwch. Llosgai ei fochau wrth feddwl am ei chroen tyner yn gorfod gorwedd mor agos iddo yntau am byth. Fe deimlodd ryw wlyborwch ar ei wyneb. Dagrau. Doedd Marion ddim wedi gofyn erioed, hyd yn oed pan fyddai ei fam yn sibrwd yn ei breuddwydion anniddig. A doedd yntau ddim wedi dweud wrthi am yr holl amseroedd y daeth o hyd iddi yn gorwedd yn annaturiol ar y leino. Byddai'n eistedd gyda hi wedyn nes y deuai ati ei hun.

Roedd y pridd yn symud oddi tano. Roedden nhw'n codi. Gallai deimlo hynny. Cydiodd yn y dryll a'i osod ar ei ysgwydd. Safodd yn y llonyddwch, gan wylio'r pridd yn dechrau symud, a wynebau yn chwilio am aer. Y cyfan yn dod i'r wyneb. Yna, a'i fys ar y dryll, fe deimlodd ryw gryndod drwyddo ac fe ollyngodd y dryll ar y llawr. Llefodd, a'r dagrau'n dod yn ffyrnig o'i grombil. Dagrau bachgen a dagrau dyn. Roedd hi'n bryd iddyn nhw anadlu. Caen nhw fod. Caen nhw godi i'r goleuni. Caen nhw fritho'r cae. Doedd dim ots rhagor beth ddwedai unrhyw un. Safodd am eiliad, gan deimlo'r byd yn anadlu o'i gwmpas, cyn cerdded yn ôl at y tŷ.

BOTTOM DRAWER

Y M MIS MAI roedd y ddau wedi cytuno i briodi.
Gwnaed y penderfyniad pan oedden nhw'n wyth
oed. Roedd yntau wedi dwyn siswrn gwinio ei fam ac
wedi sleifio i'r hen wardrob bren yn yr ystafell wely,
cyn torri dyrneidi o ffwr oddi ar un o'i chotiau gorau.
Rhesymodd na welai hi ei heisiau am mai prin oedd y
cyfleoedd i wisgo'r *mink* yn Llwyncelyn. Roedd ei gariad
wedi bod ym mherferddion bag gwau ei mam hithau,
yn rhaflo tameidiau o wlân o ryw siwmper wedi hanner
ei gwau. Byddai ei mam byth a beunydd yn datod rhyw
hen siwmperi er mwyn eu hail-weu i'w merch neu i un
o'i brodyr. Doedd dim cot ffwr ganddi hi.

Cwrdd ar bwys y bont wnaethon nhw wedyn cyn
gosod y ffwr a'r gwlân ar allor honno, a chuddio.
Plygodd y ddau yn eu cwrcwd ynghanol y mwswg
gan ddal eu hanadl. Yna, ymhen ychydig, daeth sŵn
adenydd. Plu. Adar bach yn disgyn, yn cocio'u pennau

o un ochor i'r llall. Bydden nhw'n neidio'n agosach wedyn cyn casglu'r rhoddion er mwyn eu plethu i'w nythod eu hunain. Chwarddodd yntau pan welodd fod pob pripsyn wedi mynd a rhoddodd gusan fawr ar ei boch. Gwrandawodd hithau ar dincial ei chwerthin yn gymysg â sŵn adenydd. Cafodd y ddau bob i fonclust am eu ffwdan wrth gwrs, a gwahanwyd y ddau am fis fel cystudd. Ond cytuno i briodi ym mis Mai wnaethon nhw serch hynny.

Un ar bymtheg oedd hi pan ddechreuodd hi gasglu'r *bottom drawer* ynghyd. Ychydig iawn oedd gan ei mam i'w roi iddi. Dim ond siol fagu a hen garthen a lliain bwrdd gwyn. Penderfynodd ei mam fod angen addurno honno ac fe fyddai'n eistedd y tu ôl i'w merch yn edrych dros ei hysgwydd wrth ei dysgu i bwytho'r defnydd gwyn â brodwaith. *Hydrangeas* glas a gwyn oedd y patrwm. Byddai'r nodwydd galed yn gadael ei hôl yng nghroen tyner ei bysedd, ac weithiau byddai'n rhaid iddi ychwanegu addurn er mwyn cuddio smotyn o waed. Amsugnai'r defnydd gwyn yr hylif fel papur blotio. Byddai ei mam yn ei dwrdio wedyn am fod mor sgaprwth.

Gwell o lawer oedd ganddi'r siol fagu wlân liw hufen,

a chan mai hi oedd yr unig ferch, hi gâi honno. Un blaen oedd hi, wedi'i gwisgo mewn mannau. Weithiau, fe fyddai'n ei thynnu allan o'r drôr ac yn ei thaenu o gwmpas ei hysgwyddau gwynion, tenau, a'r gwlân yn arw ac yn gynnes ar ei chroen. Byddai hi'n edrych arni ei hun wedyn yn y drych, y gwrid ar ei chroen yng ngolau'r lleuad, y bronnau'n dechrau gwasgu ar ei phais. Pan fyddai hi'n siŵr bod ei mam a'i thad a'i brodyr yn eu gwelyau, byddai hi'n esgus bod yna fabi'n cysgu'n dawel dan y siol, wedi ei wasgu'n gynnes at ei brest.

Pan ddaeth y rhyfel, fe fyddai'n anfon plu ati. O bob gwlad. O wahanol liwiau. Weithiau, byddai'n tynnu llun yr aderyn ar gefn yr amlen, weithiau yn ceisio gwneud rhyw nodiant du, gan roi syniad o gân perchennog y bluen. Fyddai e byth yn sôn am yr ymladd, dim ond am yr ychydig amser hamdden oedd ganddo a'r cystudd fyddai'n ei gael weithiau gan y swyddog am grwydro i chwilio am blu. Byddai hithau'n gludo'r plu i sgrap-bwc glas ac yn edrych ar eu lliwiau cyn mynd i gysgu. Roedd rhai ohonynt yn smotiau drostynt. Rhai yn symudliw yn y golau. Rhai bron yn ddu fel hen waed. Cofiai, wrth edrych arnyn nhw, iddo ddweud wrthi unwaith fod chwant pobol am blu hardd wedi mynd yn salwch arnyn nhw. Bod pobol wedi ysgubo ar draws y byd yn rhwygo nythod a thawelu coedwigoedd er mwyn eu casglu. Dim ond er mwyn i ryw ddynion gael eu gwisgo ar eu hetiau a'u cotiau a'u lifrai. Dim ond iddyn nhw gael teimlo'n bwysig. Cofiodd iddi grio am ddiwrnod cyfan ar ôl clywed hyn a hyd yn oed heddiw, yn nyfnder y nos, fe fyddai'n clywed cân yr adar colledig hynny, oedd wedi eu distewi gan chwant annioddefol.

Un wythnos, ddaeth 'run llythyr. Na chwaith yr wythnos wedyn. Fe ddysgodd hithau mai gobaith oedd un o'r beichiau trymaf y gallai unrhyw un ei gario. Flwyddyn yn ddiweddarach, pan ddiflannodd ei dau frawd hyna hefyd, a'i mam yn ei gwely yn edrych ac yn ailedrych ar y cardiau gwynion â'r ymylon duon, fe gododd a cherdded i fyny'r grisiau. Gosododd hi'r plu yn y *bottom drawer* gyda'r lliain bwrdd a'r siol fagu a'i gau.

Roedd nifer yn dal i briodi ym mis Mai. Chwilio am ei het roedd hi ar gyfer priodas merch ei brawd ieuenga pan agorodd hi'r *bottom drawer*. Roedd y plu yn ffyrnig yn eu lliwiau, heb bylu dim ar hyd y blynyddoedd. Teimlodd nhw, a sylwi sut roedd amser wedi gwisgo croen ei dwylo. Cododd y siol, a gwasgu ei hwyneb iddi cyn ei dal o gwmpas ei hen ysgwyddau. Roedd y ffenest ar agor ac awel haf cynnar yn cario sŵn yr adar yn yr ardd, ac am eiliad fe glywodd ei lais. Cofiodd y gusan gyntaf honno ar ei boch. Safodd am eiliad gan deimlo'r awel gynnes yn oeri'r gwlyborwch gan wybod ei fod yn galw arni. Yna, gan gofio'r rhoddion ar y bont, a'i garedigrwydd at y rhai oedd eisiau adeiladu nyth, fe gydiodd yn yr hen siol, ei phlygu a'i chario i lawr y grisiau.

CHWARAE CARDIAU

DOEDD DIM HANNER y cellwair arferol yn y Turkey Whist. Roedd y wobr yn rhy fawr i hynny. Fel arfer byddai'r tynnu coes yn dechrau wrth i'r chwaraewyr ddod o'u ceir y tu allan i'r neuadd fach, ond heno, a'r twrci'n eistedd yn ei got ffoil yn yr hen gegin gefn, byddai'r canolbwyntio yn trymhau eu tafodau. Gwyliodd Trefor Hazel yn gwerthu'r cardiau chwarae am bunt ac yn rhwygo'r stribedi o'r llyfr raffl. Roedd yntau wedi gosod y cadeiriau mewn clymau o bedair o gwmpas y fordydd ar hyd y neuadd ac wedi troi'r hen danau trydan ymlaen fel bod eu golau oren yn treiddio i'r tywyllwch y tu allan. Roedd y Nadolig yn nesáu, a nifer yn dod i mewn o'r oerfel yn 'Iesu Grist!' ac yn 'Arglwydd Mawr!' i gyd, gan rwbio'u dwylo cochion.

Tynnodd Trefor y cardiau o'r bocs. Roedd rhai o'r pecynnau'n newydd, y cardiau'n stiff ac yn slic o dan ei fysedd; roedd rhai eraill yn whip i gyd ac ôl troelio dros y blynyddoedd arnynt. Taflodd becyn ar bob ford a thynnu'r chwiban am ei wddf. Bu'n chwarae am flynyddoedd ac yn ennill y 'Gents' yn fynych, ond erbyn hyn, ei orchwyl fyddai amseru'r gemau, galw'r trwmps a chadw trefn ar bethau. Roedd y neuadd bron yn llawn, a'r cymeriadau arferol a fyddai'n trafaelu'r lonydd tywyll ddwywaith neu deirgwaith yr wythnos yn eu lle. Roedden nhw'n growd digon hamddenol fel arfer, ac os byddai rhyw ddau yn ormod, caent golli'r gêm gyntaf, cael saith tric beth bynnag a chael symud ymlaen. Neu os byddai rhywun yn ffaeledig o gorff, byddai'n cael eistedd tra bod y lleill yn chwarae o'i gwmpas. Chwythodd y chwiban.

"Hearts!"

Gyda Dilys y byddai'n chwarae pan oedd e'n ifancach. Byddai Trefor yn galw amdani yn y tŷ cownsil ar bwys yr heol fawr ac yn aros wrth y wal yn gwrando ar y gweiddi a'r teyrnasu a ddeuai o'r tu mewn. Roedd y tŷ yn orlawn o blant a chŵn a chwrw. Byddai Hazel a'i ffrindiau'n syllu ar Dilys, a'u sychau'n dynn. Roedd ei siwmperi yn rhy dynn ac yn rhy goch iddyn nhw, a'r broetshys diamante yn… yn rhy *gaudy*. Dilys oedd y ferch gyntaf i Trefor ei chlywed yn rhegi erioed, ac roedd hi wedi perffeithio'r ddawn yn grefft. Byddai'r ddau yn ennill triciau ac os enillai'r ddau fwy na deg tric mewn gêm, fe fyddai'n codi a rhoi cusan ar ei boch gan wneud iddi chwerthin dros y lle. Roedd y ddau wedi datblygu iaith gudd. Wedi dysgu darllen ei gilydd. Deall ei gilydd. Byddai hithau'n rhoi ei bawd ar ei bys modrwy os oedd angen diemwnt a byddai yntau'n cosi ei frest dros ei galon pan fyddai angen calon. Fel hyn, fe lifai'r cardiau rhwng y ddau heb fod angen dweud gair. A phan fyddai pawb arall yn y neuadd fach yn pysgota cwpan o'r fasged ac yn ei ddal o dan big y tebot ar hanner amser, byddai Dilys a Trefor y tu allan yn rhannu sigarét. Heno, eisteddai Dilys wrth y ford bella, ei siwmper yr un mor goch a'i chwerthiniad yr un mor uchel ag erioed. Clywodd Trefor bensiliau yn marcio cardiau.

"Diamonds!"

Hazel gafodd y fodrwy wrth gwrs. Priodwyd y ddau yn yr eglwys gyda'r brecwast yn y Royal Hotel, a chael rhyw bysgodyn anferth mewn aspic. Cofiodd iddo edrych arno yn hongian yn y jeli lliw dim byd a'i geg yn agored. Y sioc o gael ei blycio o lif yr afon yn dal ar ei wyneb. Wnaeth Hazel ddim gwahodd Dilys i'r briodas. Doedd y ddwy ddim yn gwneud dim byd â'i gilydd erbyn hyn a Hazel yn treulio'i hamser gyda merched y Ladies' Circle a'r athrawon eraill o'r ysgol. Byddai Trefor yn mynd i chwarae golff gyda dynion y Round Table ac fe ddechreuodd Hazel gasglu Cranberry Glass nes bod y cypyrddau'n llawn dop o'u siapiau lluniaidd.

Roedd gan Dilys ddau o blant erbyn iddi ddod i lanhau atyn nhw. Gofynnodd Hazel iddi ar y stryd, gan feddwl efallai y byddai'r arian yn handi iddi nawr bod ei gŵr wedi ei gadael. Byddai Dilys yn gadael y plant gyda'i chwaer ac yn dod i Glen Villa i fopio ac i ddwstio. Byddai Hazel yn gadael rhestr o'r hyn roedd eisiau iddi ei wneud ar y bwrdd cyn mynd i siopa. Ar ôl tacluso ychydig o gwmpas y sinc, byddai Dilys yn ymlwybro i fyny'r grisiau i chwilio am waith. Ond byddai shiten y gwely yn llyfn ac yn wyn, yn wahanol i'w rhai hithau a oedd wedi eu twmblo i gyd. Er bod ei gŵr wedi ei gadael, byddai ambell ddyn yn galw weithiau, gan adael ei chwys ar y dillad gwely, a chysgod o ôl siafio yn y sinc. Weithiau, pan fyddai wedi aros gydag un yn y gwely drwy'r prynhawn, byddai yna lestri o gwmpas y gwely, a chaniau gwag o'i gwrw ar y llawr.

Daeth Trefor adre rhyw ddiwrnod yn gynnar o'r dre, i weld Dilys wedi tynnu'r Cranberry Glass allan o'r cwpwrdd bob yn ddarn a'i ddwstio. Gwyliodd hi am eiliad yn byseddu'r gwydr oer a hwnnw fel pe bai'n hela cryd arni. Roedd y cyfan mor daclus, beth bynnag, a dim plant yn y tŷ, ac fe ddwedodd hi wrth Trefor y diwrnod hwnnw nad oedd unrhyw beth mwy digalon yn y byd na gweithio drwy'r dydd a methu â gweld eich ôl.

"Clubs!"

Chafodd Dilys ddim llawer o lwc. Wnaeth ei mab hyna ddechrau yfed fel ei dad. Clatsho. Byddai Dilys yn cerdded y llawr yn y gegin gul yn ei *dressing gown* bob nos yn aros amdano. Yna, byddai'n rhoi bonclust iddo ar draws ei ben a hithau hanner ei daldra. Lladdwyd ei mab ieuenga mewn damwain car wrth rasio rhyw fechgyn ifainc eraill. Gwyliodd Trefor hi o bell ar ddiwrnod yr angladd. Yn sefyll ar ei phen ei hun. Ei mab hyna'n edrych yn fach wrth ei hymyl. Cofiodd iddi wthio ei gên allan. Dim ond y symudiad lleiaf oedd e.

Ond fe wthiodd ei gên allan. Yn benderfynol. Yn styfnig. O leia roedd y ddamwain yn ddigon o sioc i'r mab hyna roi'r botel wisgi i lawr.

Chafodd yntau a Hazel ddim llawer o lwc chwaith. Ddaeth dim plant. Dim ond mwy a mwy o waith. Byddai'r ddau'n cynllunio eu bywydau o gwmpas eu gwyliau. Yn trefnu o un wythnos dramor i'r llall. Doedd Dilys ddim wedi bod dramor erioed ond fe fyddai Trefor yn ei gweld weithiau yn sefyll gyda'i siwtces bach wrth ei hochor yn safle bws y pentre, cyn i ryw fws anferthol ei chodi a mynd â hi bant am benwythnos 'Turkey and Tinsel' i rywle. Weithiau, byddai dyn yn sefyll gyda hi. Ond erbyn y flwyddyn wedyn, byddai hi'n sefyll ar ei phen ei hun unwaith eto.

Erbyn i Trefor ymddeol, byddai'n falch o gael gadael y tŷ i drefnu'r gemau whist. Roedd y ddau wedi sôn am wahanu, ond doedd gan yr un o'r ddau mo'r galon mwyach. Roedd hithau'n brysur gyda'r holl bwyllgorau a chan eu bod yn eu hoed a'u hamser, roedd man a man iddyn nhw fod yn gwmni i'w gilydd. Fe gafodd e syndod pan ddaeth hi o'r tŷ a'i chot amdani a dod gydag e'n gwmni i'r whist. Meddyliodd efallai ei bod hi eisiau sgwrsio, ond esboniodd hi ei bod hi'n werth mynd heno am fod y chwarae'n fwy o ddifrif na'r arfer, a'r wobr yn werth ei chael, o'i chymharu â'r bumpunt arferol.

"Spades!"

Roedd y chwaraewyr i gyd yn dawel, a'r unig sŵn oedd i'w glywed oedd y cardiau'n siffrwd ar y byrddau ac ambell un yn tynnu gwynt yn sydyn rhwng eu dannedd. Roedd eu hwynebau'n wag, pob un yn cuddio unrhyw arwydd o emosiwn. Roedden nhw'n cadw cownt hefyd, ar gardiau pobol eraill i wneud yn siŵr na rodden nhw garden *spades* i lawr pan oedd un o siwt arall gyda nhw. Doedd fiw i chi geisio bod yn anonest; ac er y byddai ambell un yn ffaelu cerdded na chlywed yn iawn, fe fyddai'n medru adrodd eich cardiau chi'n ôl yn un rhibyn. Roedd rhaid ichi watshio'ch busnes. Yn enwedig â thwrci ar y lein.

Yr hyn oedd yn cythruddo chwaraewyr fwya oedd pan fyddai rhywun yn ennill tric â charden trwmp isel. Weithiau, fyddai dim cyfoeth o gardiau gyda chi, dim brenhines, dim brenin, ond rhyw lo mân o gardiau trwmp. Fel'na roedd ffawd weithiau, yn rhoi llwyddiannau bach a'r rheini weithiau yn trechu'r llwyddiannau mawr. Roedd Dilys yn gwybod yn union pryd i ddefnyddio'r rheini.

Chwibanodd Trefor ar ddiwedd y rownd a gofyn a oedd gan rywun sgôr o dros 170. Dim ond Hazel ac un arall gododd eu cardiau. Aed ati wedyn i gyfri, ac yn anarferol, gan mai dynion oedd yn dod i'r brig fynycha, Hazel oedd â'r sgôr ucha. Daeth chwerthin wedyn, a rhyw alwadau o 'Fix, fix!' cyn i bawb droi eu sylw at y cwpanau a ddaliwyd dan eu trwynau yn y fasged.

Cododd Hazel a thaflu rhyw olwg ddigon swc-siw ar Dilys yn ei buddugoliaeth. Esgusodd honno beidio â gweld Hazel wrth iddi gerdded i'r gegin i gasglu ei gwobr. Casglodd Dilys ei chardiau hithau at ei gilydd cyn codi ei phen a gwenu ar Trefor a oedd yn sefyll yno yn cosi ei frest ar bwys ei galon. Gwenodd. Fe gâi Trefor ei dwrci adre eleni eto, ond fe wyddai yn iawn lle y câi ei drimings.

Y PARLWR

Yn y parlwr fyddai'r pethau gorau'n cael eu cadw. Dyna ddysgodd ei mam iddi yn ifanc iawn. Byddai coesau'r celfi yn y parlwr yn fwy delicet, y darnau gwydr yn y cabinet yn fwy tenau a'r defnydd a orchuddiai'r seddi yn fwy brau. Bob dydd Sul, ar ôl cinio, byddai ei mam yn mynnu bod y tri yn mynd i eistedd yno yn eu dillad gorau. Yn y parlwr, fe fydden nhw ymhell oddi wrth y gegin gul, gynnes a'r waliau'n llaith ar ôl stêm y coginio, a'r leino oedd wedi troelio dan draed. Roedd hi bob tro'n dawelach ac yn oerach yno. Eistedd ar y carped fyddai Eunice wrth draed ei thad, yn gwrando ar y lleisiau pell-i-ffwrdd ar y weiarles. Byddai ei thad yn pendwmpian ar ôl wythnos yn y warws a'i fol yn llawn o gig eidion a thun o stowt. Byddai ei mam yn tynnu ei brat ar ôl golchi'r llestri ac yn cribo ei gwallt yn y glàs bach ar wal y cyntedd cyn eistedd yn dawel ar bwys y lle tân a'i bysedd, a oedd yn dal yn gynnes ac yn ddamp ar ôl dŵr y golchi llestri, wedi eu cwrlo o gwmpas rhyw gwpan a soser gwyn. Byddai hi'n eistedd yn ôl wedyn, a chau ei llygaid. Dyna'r unig dro allai Eunice gofio dwylo ei mam yn segur.

Roedd y cabinet yn dal yno, a'r hen gelfi, ond roedd y gwely cul yn newydd, yn ogystal â'r comôd, a'r bwrdd bach. Yn ystod y dydd, byddai'n defnyddio'r ffrâm gerdded i gyrraedd y gadair ar bwys y ffenest er mwyn iddi gael gweld allan ac yna, gyda'r nos, yn camu'n ofalus yn ôl i glwydo. Gallai ddychmygu cywilydd ei mam petai hi'n gwybod ei bod yn bwyta ac yn cysgu yma erbyn hyn. Ond dyna fe, yn y parlwr fyddai'r pethau gorau'n cael eu cadw beth bynnag.

"Helô?" Distawodd sŵn y stryd gyda chlep y drws. "Ni 'di dod i'r *beauty parlour*."

Gallai Eunice bron â maddau i Linda am ddweud yr un peth bob wythnos wrth ddod drwy'r drws. Gallai hyd yn oed faddau iddi am siarad â hi fel pe bai hi'n dair oed. Ond allai hi ddim maddau iddi am ddod heb y groten fach. Daliodd ei hanadl, nes gweld yr wyneb bach yn chwarae pi-po heibio ffrâm y drws.

"Set bach heddi, ife, calon?"

Anwybyddodd Eunice hi'n rhoi ei bag i lawr a

thynnu'r poteli a'r cribau allan a'u gosod ar y bwrdd bach cyn mynd i'r gegin gefn i nôl padell o ddŵr cynnes. Daeth y ferch fach at Eunice yn swil a gorffwys ei phen ar ei phen-glin a bu'r ddwy'n dawel am ennyd. Gwallt tywyll oedd ganddi a hwnnw'n sgleinio bron yn las fel adain brân. Roedd ei chroen yn gwbwl, gwbwl wyn. Doedd hi ddim y plentyn hardda roedd Eunice wedi ei weld erioed ond roedd yna ryw fywiogrwydd yn ei chorff a rhyw ddealltwriaeth yn ei llygaid. Gallai hi fod yn llawer pertach ond bod ei mam yn mynnu ei gwisgo mewn rhyw binc i gyd. Ond dyna fe, roedd honno ei hunan yn ffaelu gwisgo'n deidi ac yn byw mewn rhyw bethau di-siâp, llac i gyd. Doedd dim gobaith iddi roi rhywbeth taclus am y groten. Byddai glas yn llawer pertach i'r ferch fach ac roedd Eunice hyd yn oed wedi gwau cardigan goch iddi a *beret* i fatsio er na chafodd hi ei gweld hi'n eu gwisgo erioed. Daeth Linda yn ôl a rhoi tywel am ei hysgwyddau. Tynnodd ei hysgwyddau brau yn ôl am y badell er mwyn golchi ei gwallt.

Gwallt melyn oedd ganddi hi pan oedd hi'n groten, yn gwrls i gyd. Bob tro y byddai'n camu ar lwyfan i ganu, byddai pawb yn canmol ei choron aur. Cofiodd, pan drodd hi'n rhyw chwech oed, iddo ddechrau tywyllu fel lliw tywod gwlyb. Gosododd ei mam hi yn y bath a pheintio *peroxide* porffor ar ei gwallt a gwneud iddi eistedd yno'n crynu, a'r cemegion yn llosgi ei llygaid, nes bod yr hen wallt lliw brown brwnt wedi diflannu. Daliodd i ganu, ac fe fyddai ei chyrls melyn yn tynnu llygaid ynghanol y gweddill a geisiai wneud eu marc yn y cyngherddau bob penwythnos. Ers hynny, fe fyddai'n gwneud ei gwallt yn wythnosol ac er ei bod hi'n ffaelu gwneud ei gwallt ei hunan na glanhau'r tŷ erbyn hyn, roedd modd talu rhywun arall i wneud.

Roedd y groten fach wedi eistedd ar y llawr ac wedi tynnu colied o recordiau tuag ati. Dechreuodd ei mam ei dwrdio a'u tynnu'n ddiamynedd o'i gafael.

"Fi 'di gweud 'thot ti, gad pethe i fod! Ti'n gwrando?"

"Gadwch hi fod," torrodd Eunice ar ei thraws, "dyw hi'm yn neud dim drwg."

Doedd dim malais yn nwylo'r ferch fach. Roedd hi'n edrych ar y lluniau ar glawr y recordiau, yn tynnu ambell gylch du allan o'i amlen. Ei bysedd bach yn arbrofi ac yn chwilio. Aeth Linda ati i newid y dŵr brwnt a chododd Eunice yn sigledig, a'r tywel am ei hysgwyddau, i dynnu'r fraich i lawr ar y peiriant recordiau. Plyciodd a thynnodd y record cyn i lais godi yn y tawelwch. Cododd y groten fach ei llygaid tuag at ei rhai hithau.

Roedd hi'n medru canu. Gwyddai hi hynny yn ifanc iawn ac fe welodd ei mam yr egin ynddi hefyd. Aeth â hi i gael gwersi gyda Mrs Roberts a gadwai gyllell agor amlenni ar bwys y piano. Byddai hi'n ei tharo i lawr ar dop y piano â chlec pan fyddai Eunice yn anghofio'i geiriau, gan wneud iddi neidio. Roedd yna gyngerdd bob penwythnos bryd hynny ac arian i'w wneud, ac fe fyddai ei mam ar ei thraed yn hwyr y nos yn gwinio'r holl ddillad roedd eu hangen arni. Ond fyddai ei mam byth yn cael dillad newydd. Fe fyddai'n sefyll gefn llwyfan yn gwylio ei merch dan y golau, a chot frown fawr dros ei dillad hithau. Byddai hi'n dawel wedyn ar y ffordd adre, yn meddwl am ffyrdd i altro, i newid, ac i berffeithio ei merch.

Erbyn i Eunice droi'n un ar bymtheg, roedd hi'n canu'n rheolaidd ac yn rhoi'r amlenni â'r arian ynddyn nhw i'w mam. Dyna'r unig beth y gallai hi ei wneud i ddiolch iddi am ei chefnogaeth, a'r unig bryd y gwelodd hi unrhyw emosiwn yn llygaid ei mam oedd pan wasgodd hi'r tocyn trên i Lundain i'w llaw y diwrnod hwnnw a nodio'i phen. Gadawodd hi Eunice yn yr orsaf, a'r holl arian a roddodd ei merch iddi erioed wedi ei gadw a'i osod mewn amlen er mwyn iddi gael dianc. Gwasgodd ei boch at ei un hithau am eiliad gyda 'Cer nawr 'te!' cyn diflannu yng nghwmwl stêm y trên. Fe gymerodd bob gronyn o gryfder Eunice y diwrnod hwnnw iddi beidio â rhedeg ar ôl ei mam.

Fe ddaeth i wybod hefyd, er bod ganddi'r llais, nad oedd ganddi'r wyneb. Gwyliodd ferched harddach, â lleisiau salach, yn cael rhannau gwell na hithau. Sylweddolodd y byddai'n rhaid iddi weithio'n galetach. Hi fyddai'r cyntaf yno, hi fyddai wedi dysgu'r geiriau i gyd. Hi fyddai'n ddoniol, yn fodlon cymryd jôc. Hi fyddai'n chwarae'r ffrind gorau. Hi fyddai'n aros gefn llwyfan rhag ofn y byddai rhywun yn sâl. Gwrandawodd ar ei llais ar y record. Doedd y groten fach ddim wedi adnabod ei hwyneb ar glawr y record. Y llun du a gwyn. Yn golur i gyd. Ei chroen yn llyfn. Doedd dim un o'r ddwy wedi adnabod y llais chwaith. Y llais ifanc, crynedig. Yn codi rhwng y tair. Ond roedd y ferch fach yn gwrando. Yn codi ar ei thraed weithiau ac yn symud ei chorff. Gwyliodd

Eunice hi, ei llygaid yn disgleirio, yn gwrando ar y llais pell-i-ffwrdd.

Doedd Linda ddim yn siarad rhyw lawer pan oedd hi wrth ei gwallt. Nid parlwr harddwch go iawn oedd hwn, lle byddai'n rhaid iddi siarad â'i chwsmer er mwyn dangos i bobol eraill bod ganddi faners. Doedd neb yn ei gweld yn y fan hyn ac wrth bwy fyddai'r hen fenyw yn cwyno beth bynnag? Byddai hi'n gwneud ei hun yn brysur, yn twtio ei hoffer neu'n dwrdio'r groten fach. Doedd gan yr hen wraig ddim byd o ddiddordeb i'w ddweud, a doedd hithau heb ofyn dim o'i hanes.

Roedd tylwyth Eunice yr un peth. Byddai teulu ochor ei thad yn dod i'w gweld weithiau ac fe allai Eunice synhwyro bod y ddefod ddydd Sul unwaith y mis yn fwrn arnyn nhw. Bydden nhw'n sôn am y tywydd fel pe bai ganddi ddiddordeb ynddo, a hithau'n ffaelu gadael y tŷ. Yna, fe fydden nhw'n aros am gyfnod 'parchus' cyn gadael. Edrychai un o'r merched ar ei horiawr bob hyn a hyn cyn gofyn a oedd unrhyw hanes. Ac fe fyddai pob un yn cwyno am eu sefyllfa ariannol. Yn pwysleisio pa mor ddrud roedd byw wedi mynd. Cenfigennai Eunice weithiau wrth y rhai oedd yn colli eu cof yn eu henaint. Yn cofio dim byd. Yn ymwybodol o ddim. Y niwl yn garthen yn erbyn oerfel henaint. Byddai rhai'n sôn am ofni colli eu hunan-barch, ond doedd dim hunan-barch mewn gweld eraill yn taflu tameidiau o'u hamser fel briwsion tuag atoch.

Yr unig un oedd yn falch o'i gweld oedd y ferch fach. Roedd ei gwên hithau'n agored. Roedd Eunice hyd yn oed yn edmygu'r ffordd na fyddai eisiau dod i'w gweld weithiau. Y dagrau poethion wrth i'w mam orfod ei chario dros y trothwy a hithau eisiau mynd i'r parc. Châi Eunice ddim siom o gwbwl bryd hynny, am nad oedd hi eisiau gweld pobol weithiau chwaith, ond roedd yn rhaid iddi hithau esgus.

Erbyn i'w mam farw, roedd hi'n canu'n broffesiynol. Byddai hi'n dod adre o Loegr weithiau, yn dod â'r posteri a'r pamffledi a'i henw hi arnyn nhw. Daeth o hyd iddyn nhw pan ddaeth hi'n ôl i glirio'r tŷ ar ôl i'w thad farw, wedi eu pastio mewn llyfr sgrap, ac fe allai hi ddychmygu ei mam yn edrych arnyn nhw weithiau pan fyddai ei thad yn pendwmpian o flaen y tân yn y parlwr ar ôl cinio dydd Sul. Dychmygodd hi'n codi wedyn ac yn dwstio'r lluniau o Eunice wrth wrando ar y weiarles.

Phriododd Eunice erioed. Doedd dim amser wedi bod ganddi, ac fe fyddai'r rhan fwyaf o'r dynion bryd hynny eisiau merch fyddai'n aros adre, nid un fyddai allan bob nos a bob penwythnos. A phan bylodd ei llais, a'r goleuadau wedi troelio ei hwyneb, fe ddaeth yn ôl. I'r tŷ bach. I'r parlwr. Trodd Linda'r peiriant sychu i ffwrdd a phlygu i gribo'r cwrls yn llacach.

"'Na ni, cariad. Wel, ni'n *glamorous* nawr, on'd y'n ni?"

Daliodd Linda y drych bach o'i blaen iddi gael gweld ei hun ac, am ennyd, fe gofiodd ei hwyneb yn nrych y stafell werdd. Y goleuadau yn ei fframio a'r colur i gyd o'i blaen. Y cyffro yn cwrso trwy ei chorff. Hithau'n gwybod ar ôl i'r llen ddisgyn y byddai yno yfory ac yfory ac yfory. Gwenodd a gwthio ei gên allan ychydig a chau ei llygaid. Tynnodd Linda'r tywel oddi ar yr hen ysgwyddau brau a chau ei bag. Gwyliodd Eunice hi'n mynd i'r gegin gefn i nôl ei harian.

Gwyddai Eunice yn iawn y byddai Linda'n mynd â phapur decpunt neu ddau yn fwy nag y dylai hi weithiau. Roedd ei chof yn iawn a gwyddai faint o bensiwn gâi hi. Ac fe wyddai hefyd, petai hi'n dweud rhywbeth, y byddai hi'n pallu dod ati eto. Fyddai dim colled ar ei hôl hithau, wrth gwrs, ond allai hi ddim diodde colli'r plentyn. Roedd honno wedi dod i edrych ar ei gwallt. Dringodd ar ei chôl a chribo ei bysedd bach trwy'r cwrls. Gorffwysodd ei phen ar ei hysgwydd a theimlodd Eunice gudyn o'i gwallt sidanaidd yn ei bysedd brau. Roedd y ddwy yn cydanadlu a gwrandawodd ar Linda yn y gegin gefn yn cymryd ei hamser wrth fynd trwy ei phwrs arian. Gwyddai y câi ei gadael cyn bo hir yn y parlwr. Edrychodd y ferch fach i fyny arni a chodi ei llaw i rwbio deigryn oddi ar ei boch. Roedd ambell bris yn werth ei dalu.

YR AWR LAS

"Do's dim gwres yn y tân 'ma heno, o's e? Ma dy ddwylo di'n oer."

Cododd Gret o erchwyn y gwely cul a phwyso un llaw ar y pentan cyn taflu plocyn arall i'r grat. Yna, fe drodd i edrych ar Ifan. Roedd ei gorff wedi mynd i edrych yn fach ac yn ysgon, a'r pantau yn ei fochau'n ddyfnach. Gorweddai a'i lygaid ar gau, a'r fflamau oerion yn goleuo un ochor o'i wyneb. Er iddi ei gocsio drwy rowlio'r bara menyn yn ddarnau bach rhwng ei bysedd a cheisio ei fwydo fel aderyn bach, doedd dim byd yn tycio. Roedd y dŵr wedi diferu o'r cwpan wrth iddi ei ddal fel cwpan cymun yn erbyn ei wefusau, a hithau wedi gorfod sychu ei ên gyda hances o'i llawes.

Collodd gownt ar y bwyd a baratôdd iddo dros y blynyddoedd. Y basgeidi a gariodd hi i Ga' Marged adeg cywen bêls. Clapian mygiau enamel at ei gilydd, y fasged yn llawn bara brown a chacen garwe. Byddai hi'n eistedd ar un o'r bêls bach ac yn gorfod siglo'r gwair allan o'i phais am ddiwrnode wedi 'ny. A'r ffasiwn fuodd ganddyn nhw wedyn am de deg. Hithau'n eu difyrio am ddod i'r tŷ ganol bore, ac yn gorfod llenwi'u bolie nhw byth a beunydd. Golchi llestri amser brecwast ac yna gorfod eu dwyno nhw glatsh adeg te deg. Weithiau, pan fyddai hi'n ei glywed yn llwytho'r da ar gyfer y mart, byddai'n codi yn ei *dressing gown* cyn mynd ati yn y gegin i lenwi'r fflasg a pharatoi tocyn iddo fynd gydag e yn y Land Rover. Byddai'n mynd yn ôl i'r gwely wedyn i wylio'r wawr yn agor drwy ffenestri dyfnion yr hen dŷ ffarm a gwrando ar yr adar yn bwrw'u cân i'r bore.

Dim ond unwaith yr wythnos fyddai Ifan yn gwneud te. Byddai'n agor tun o samon bob nos Sul fel pader cyn matryd winwnsyn a'i siafio'n denau â min ei gyllell boced. Byddai'n gwasgu'r gymysgedd wedyn rhwng tafelli o fara brown a dod â hwnnw a'r te iddi ar bwys y tân. Roedd hithau wedi gwneud cinio dydd Sul, wrth gwrs, ac fe fyddai sbarion hwnnw'n cael eu cadw ar gyfer amser cinio dydd Llun. Ond byddai offrwm nos Sul yn cyrraedd ei hochor heb iddi orfod gofyn, yn ddiolch iddi am wythnos o waith ac yn hoe fach cyn i wythnos arall ddechrau.

Gwrandawodd Gret ar sŵn y cloc casyn hir yn cerdded cyn mynd at y sinc, a'i dwylo'n chwilio am waith. Llenwodd hen fasn enamel â dŵr claear cyn cydio mewn fflanel. Daeth â hwnnw at y gwely bach gan edrych bob yn awr ac yn y man ar y tân. Tynnodd y blanced oddi arno ac estyn tywel i'w wasgu ar y matras o dan ei draed i safio'r shiten. Gwlychodd y fflanel a dechrau golchi ei draed. Cododd ei llygaid at ei wyneb ond wnaeth e ddim agor ei lygaid. Cofiodd iddi wrando am sŵn ei draed pan oedd hi'n groten fach. Yn eistedd ar y stand la'th ar ben y lôn. Yn ddim byd mwy na dwy blethen, ac afal yn ei phoced. Roedd ei mam wedi gofyn i'w fam yntau wneud yn siŵr ei fod yn ei cherdded hi i'r ysgol. Fe arhosodd hi am ddiwrnod cyfan ond ddaeth e ddim. Roedd arni ormod o ofan i gerdded y ffordd ar ei phen ei hun, a gormod o ofan mynd adre at ei mam a chyfadde nad oedd hi wedi bod yn yr ysgol. Cafodd gymopad yr un fath. Roedd Ifan wedi rowndio Ca' Ffowndri fel nad oedd e'n gorfod ei phasio. Cerddodd ganllath o'i blaen hi y diwrnod wedyn a'i ddwylo hyd y bôn ym mhocedi ei drowsus byrion, yn pwdu. Gwenodd wrth sychu ei draed â'r tywel. Gorffennodd yntau'r ysgol yn bedair ar ddeg i fynd i weithio ar fferm leol. Arhosai erbyn hynny amdano, ac fe fyddai'r ddau'n cerdded law yn llaw tuag at dop ei lôn. Byddai'n sefyll wedyn ac yn rhoi cusan fach ar ei boch a gofalu ei bod yn cyrraedd diwedd ei thaith yn ddiogel cyn cerdded yn ei flaen. Symudodd at ei frest a dadfotymu'r crys nos. Roedd ei anadlau'n codi ac yn disgyn yn y tawelwch.

Doedd y ddau ddim llawer mwy na phlant pan briodon nhw. Yn yr eglwys. Hithau yn ei siwt nefi ac yntau ag ôl y grib a'r olew yn ei wallt. Synnai pawb nad oedd babi y tu ôl i'r blode ond doedd hi ddim yn disgwyl. Roedd y ddau eisiau gwneud pethau'r ffordd iawn. Ddeuai hi ddim i ddisgwyl am amser hir chwaith gan mai'r unig beth wnaethon nhw ar noson y briodas yn y Black Lion oedd gorwedd ar y gwely crand yn eu dillad, yn ofni sarnu'r shîts smart. Gorweddodd y ddau ym mreichiau ei gilydd, yn chwerthin ac yn siarad hyd y bore.

Golchodd Gret ei ysgwyddau. Roedd ei groen yn rhyfeddol o wyn a iachus yn y fan honno, heb weld tywydd a gwaith fel croen ei freichiau. Gwasgodd y dŵr o'r fflanel a'i gynhesu unwaith eto yn y basn.

Golchodd ei ddwylo nesaf, gan sylwi ar fapiau'r

caeau ar eu cledrau. Ôl yr aredig yng Ngha' Marged, ôl y codi tatws yng Ngha' Blaen Tŷ ac ôl y cynaeafu yng Ngha' Macyn Poced. Ei ddwylo'n codi pâl wrth ffensio ffin. Ei ddwylo'n codi'r merched wrth iddyn nhw neidio fel ceffylau dros y rhibynnau gwair amser c'naea a chwmpo'n sgraffiadau ac yn ddagrau i gyd. Doedd e ddim yn gwisgo modrwy briodas. Roedd ei waith yn rhy galed a beth bynnag, addewid oedd addewid ac roedd rheini'n llawer cadarnach nag aur, medde fe.

Cofiodd iddi hithau golli ei modrwy briodas yng Ngha' Barlys. Bu'r ddau a'r merched yn chwilio amdani am ddiwrnodau ond roedd yr adlodd yn euraid a'r fodrwy'r un lliw, a doedd dim gobaith. Fe lefodd hi'r noson honno, ar ôl rhoi'r merched yn eu gwelyau, ac fe benderfynodd beidio cael modrwy arall, gan na fyddai honno'n golygu'r un peth. Ond flwyddyn gron yn ddiweddarach, fe ddaeth Ifan i'r tŷ ar ôl bod yn torri'r barlys. Cydiodd yn ei llaw cyn gwasgu'r fodrwy ar gledr ei llaw hithau. Roedd hi'n disgleirio fel newydd er iddi gael blwyddyn o dywydd. Erbyn heddiw, gorweddai'r fodrwy'n llac ar ei bys, a'i chnawd wedi ei wisgo gan y blynyddoedd. Caeodd ei grys a thynnu'r garthen amdano cyn cerdded at y sinc i arllwys y dŵr o'r basn.

Roedd hi'n nosi y tu allan yn y berllan. Y gwrychoedd yn tywyllu. Sylwodd Gret ar sut roedd yr awr bob pen i'r dydd. Awr pan nad oedd hi'n ddydd nac yn nos, awr rhwng y gwyll a'r golau. Glas oedd lliw yr awr honno. Aeth yn ôl at y gwely a sychu ei dalcen, ei lygaid a'i fochau. Roedd arni ofn anghofio ei wyneb. Dyna'r ofn mwyaf oedd ganddi. Roedd hi wedi byw gydag e ers dros hanner canrif ond wedi sylweddoli yn ddiweddar pa mor anodd oedd gweld wyneb rhywun yn iawn. Gwasgodd y fflanel i sychu ei geg.

Roedd y merched yn dod i helpu pan allen nhw ac roedd hi wedi gwrthod unrhyw *carers*. Doedd hi ddim eisiau rhyw hen ddynion dierth yn busnesa ar hyd y lle. Fe wyddai y dylai hi roi gwybod i'r merched, ond fe ddeuai'r rheini i wybod yn ddigon buan ac roedden nhw'n byw yn rhy bell i gyrraedd mewn pryd beth bynnag. Fe fyddai'r tŷ yn ffair i gyd tan yr angladd. Y cymdogion yn dod yn llwythog o gacs. Y tŷ yn berwi o fynd a dod. Fe wyddai hyn ac fe fyddai'n ddiolchgar amdano pan ddeuai'r amser ond nawr, roedd hi am wrando ar ei anadlau.

Roedd hi wedi bod yn pendwmpian o flaen y tân ers iddo orfod cysgu i lawr y grisiau. Doedd hi ddim wedi mynd i orffwys unwaith. Weithiau fe deimlai'r blinder fel amdo amdani. Byddai ei hesgyrn yn gwynio ond doedd hi ddim am gysgu. Trodd i wrando ar y cloc. Roedd hi wedi dod yn ymwybodol o'i sŵn yn ddiweddar. Doedd hi ddim yn sylwi arno pan fyddai'n cysgu lan lofft. Ifan ddaeth ag e o ryw sêl iddi. Yn anrheg. Fyddai e byth yn cofio ei phen-blwydd nac unrhyw ben-blwydd priodas, ond fe ddeuai ag ambell beth fel hyn iddi ar fympwy a'i gyflwyno iddi â gwên lydan. Doedd e ddim wedi mesur y cloc, wrth gwrs, ac fe fu'n rhaid iddyn nhw lifio dwy fodfedd oddi ar ei waelod er mwyn ei gael i sefyll dan hen do isel y tŷ ffarm. Ond cafwyd seremoni i'w roi i gerdded. Chysgodd neb winc yn y tŷ y noson honno am ei fod yn canu bob awr, a'r tician yn ddigon i aflonyddu ar bawb. Ond, ac Ifan yn pallu ildio, fe drodd pawb yn fyddar i'w sŵn nes eu bod prin yn ei glywed. Roedd ei gerddediad sefydlog wedi bod yn guriad calon i'r tŷ. Cododd Gret a chydio yn yr allwedd fach aur oddi ar y pentan cyn symud at y cloc. Trodd yr allwedd yn y drws bach ac edrych yn ôl am Ifan cyn llonyddu'r bendil.

Roedd y golau glas y tu allan yn cynyddu a'r gwyll yn casglu. Aeth yn ôl i eistedd wrth y gwely. Yna, yn y tawelwch, fe glywodd siffrwd. Rhyw siffrwd fel adenydd ffôl y gannwyll yn y ffenest yn tynnu at y golau. Gwrandawodd Gret ar y sŵn yn cymysgu ag anadlau sychion Ifan. Pob un yn codi fel gwyfyn i'r gwyll. Roedd y tân yn dal yn oer ac fe estynnodd Gret ei llaw i gydio yn llaw Ifan. Doedd dim rhaid dweud dim byd. Fel y dwedodd yntau, addewid oedd addewid. A wnâi hi ddim cysgu. Ddim ei fradychu. Rhoddodd gusan ar ochor ei dalcen. Fe arhosai hi, a gofalu ei fod yn cyrraedd diwedd ei daith yn ddiogel cyn cerdded ymlaen.

Hefyd gan yr awdur:

CARYL LEWIS

plu

"Rhyddiaith eglur, iasol… sy'n cyffwrdd at y byw."
Angharad Price

y Lolfa

£7.95